K INK INK INK INK INK IN
INK INK INK INK INK INK
K INK INK INK INK INK IN
INK INK INK INK INK INK
K INK INK INK INK INK IN
INK INK INK INK INK INK
K INK INK INK INK INK IN
INK INK INK INK INK INK
K INK INK INK INK INK IN
INK INK INK INK INK INK
K INK INK INK INK INK IN
INK INK INK INK INK INK
K INK INK INK INK INK IN
INK INK INK INK INK INK
K INK INK INK INK INK IN
INK INK INK INK INK INK
K INK INK INK INK INK IN
INK INK INK INK INK INK
K INK INK INK INK INK IN
INK INK INK INK INK INK
K INK INK INK INK INK IN
INK INK INK INK INK INK
K INK INK INK INK INK IN
INK INK INK INK INK INK

INK INK INK INK INK INK
K INK INK INK INK INK IN
INK INK INK INK INK INK
K INK INK INK INK INK IN
INK INK INK INK INK INK
K INK INK INK INK INK IN
INK INK INK INK INK INK
K INK INK INK INK INK IN
INK INK INK INK INK INK
K INK INK INK INK INK IN
INK INK INK INK INK INK
K INK INK INK INK INK IN
INK INK INK INK INK INK
K INK INK INK INK INK IN
INK INK INK INK INK INK
K INK INK INK INK INK IN
INK INK INK INK INK INK
K INK INK INK INK INK IN
INK INK INK INK INK INK
K INK INK INK INK INK IN
INK INK INK INK INK INK
K INK INK INK INK INK IN
INK INK INK INK INK INK
K INK INK INK INK INK IN

K INK INK INK INK INK IN
INK INK INK INK INK INK
K INK INK INK INK INK IN
INK INK INK INK INK INK
K INK INK INK INK INK IN
INK INK INK INK INK INK
K INK INK INK INK INK IN
INK INK INK INK INK INK
K INK INK INK INK INK IN
INK INK INK INK INK INK
K INK INK INK INK INK IN
INK INK INK INK INK INK
K INK INK INK INK INK IN
INK INK INK INK INK INK
K INK INK INK INK INK IN
INK INK INK INK INK INK
K INK INK INK INK INK IN
INK INK INK INK INK INK
K INK INK INK INK INK IN
INK INK INK INK INK INK
K INK INK INK INK INK IN
INK INK INK INK INK INK
K INK INK INK INK INK IN
INK INK INK INK INK INK

中國歷代爭議人物 01

一統天下秦始皇

郭明亮◎著

前言

正如毛澤東利用馬列主義奪取政權一般，秦始皇以法家主義統一中國。當我們回到戰國末年的時候，將會發現統一中國的呼聲，就像今天海峽兩岸一樣響亮。是哪些人在高呼統一中國呢？或說，哪種人聲音最動聽呢？無疑的，具有強烈民族意識的知識分子最熱情。五花八門的建國理論，像儒家主義、墨家主義、法家主義和道家主義等九流十家，在動亂的時代中大鳴大放。到底要以哪一套作爲建國的原則呢？正如同海峽兩岸的知識界，他們面臨選擇三民主義和馬列主義的徬徨。

時代環境的不同，選擇的標準也會不同。自從十八、十九世紀以來，民主主義幾乎成爲世界潮流，我們毋需完全以自由民主的價值標準，來批判法家主義的專制思想和重君觀念，或許因爲我們受到民主自由的薰陶，才會對專制集權愈感不滿。時代的潮流，似乎推動人類，朝著或有或無的目標在前進，而距離古代愈來愈遙遠。然而使我們感到歡欣的是，我們的精神並沒有和戰國時代的知識界隔離，眞的，統一中國的希望持續了兩千年。無論是自由的中國或是專制的中國，都是一個中國。就這一點來說，今日的中國就如同秦漢的中國，隋唐的中國，明清的中國，只有一個中國。

復興基地台灣既然有統一中國的理想，那麼統一的條件是什麼呢？我們能不能參考第一位統一中國並予制度化的秦始皇所面臨的時代環境及其本身的才幹呢？基於如此的構想，本書的主要結構有兩面性：一面是統一中國的客觀條件；一面是統一中國的主觀條件；前者指戰國末年的時代背景，它提供秦始皇統一中國的機會；後者指秦始皇本身的性格、才幹及其智囊團的素質。這兩面性有其互動的關係，即是主客觀條件的互相影響，譬如秦始皇面對現實環境，如何調整他的態度？秦始皇本身的條件又如何影響現實環境？本書當然不是專門去論述以上的問題，但是希望利用歷史事實的敘述，來摸索一點啓示。

多少君臣將相，在太平與戰亂、興盛與衰亡中創造歷史，留下不朽的功業和萬世的罵名。他們毀譽參半，褒貶不一，是可敬可愛、也是可憎可厭的爭議人物。

一統天下

秦始皇

目錄

【上 篇】

秦始皇傳

一、千金賭注

奇貨可居

戰國時代，征戰連年，很多商人經常冒著生命危險，攜帶大量商品，穿越戰線，爬千山，涉萬水，到各地經商貿易，賺取巨利。中國自古以來，物產豐饒，北方盛產駿馬；南方有貴重的犀角、象牙；東方有鮮魚和海鹽；西方有皮革。中國各地的特產就是經由這些商人之手，轉運至中原的各大繁榮都市，像齊國的臨淄（山東臨淄）、魏國的大梁（河南開封）、韓國的安陽（河南安陽縣）、趙國的邯鄲（河北邯鄲）等，都是當時的國際大都會。

呂不韋是個商人，出身於衛國濮陽（河南濮陽）。在他的腦海中，沒有濃厚的國家意識，只有金銀財寶才是他的人生目標。有一天，他在邯鄲的街市上，邂逅了在趙國當人質的秦國公子——異人。異人是秦昭襄王的孫子，安國君（孝文王）的庶子，年紀才二十出頭，就在趙國當人質。當時國與國之間爲了彼此爭取互信，甲國的國君經常把自己的子孫送到乙國去作抵押品，以取得對方的信任。這種抵押品，就叫做人質。雖然異人已成為秦國在趙國的抵押品，但是兩國之間的戰爭，卻依然沒有停止，趙國對異人也就更不禮貌；可憐的是，此時異人的生母夏姬已經失去安國君的寵愛，如此一來他在安國君心中的地位也就微不足道了，更何況他還有二十多個兄弟姊妹和他爭寵呢！

當呂不韋遇見異人時，內心即暗想著：我找到了難得的貨品，決定買下他來。這就是成語「奇貨可居」的由來。呂不韋怎麼會看上一個落魄無助的秦國公子呢？原來此時秦昭襄王英明有為，時時給予六國莫大的壓力，成為當時一等強國。更重要的，呂不韋對秦王室的內幕，瞭如指掌，異人雖然目前潦倒，但到底是秦國公子，如果運用得法，也可能成為未來秦國國君。於是呂不韋開始構想，想把異人擁上安國君繼承人之位，以便贏得將來太子的寶座。

《戰國策》上記載呂不韋一見異人之後和他父親精彩的對話：

不韋問：「每天辛苦耕作回來，究竟能賺取幾倍的利益？」父親脫口答：「十倍。」又問：「如果改而經營珠寶買賣，能賺取幾倍的利益？」父親略作思考後，答：「百倍吧！」再問：「如果協助一個人，使他將來成為一國之君，又可賺取多少利益呢？」父親瞠目結舌，訥訥而言：「利益將會是無限大哩！」不韋微微一笑，說：「如果我只做個平常百姓，縱使一生勉力工作，永遠也別想吃山珍海味，穿錦衣綾羅，住富麗宅邸。現在我如果盡力幫助某人成爲一國之君，將來必可坐擁名利，終生享用不盡。這是個大好良機，我必須好好策畫才行。」

不韋去見異人，對他說：「我可以助你一臂之力，使你所住的館舍比現在的大許多，並協助你建功立業。」異人不以爲然，笑著說：「先生，你還是先設法擴大自己所住的館舍，再來幫助我吧！」不韋諂媚地說：「不，我所住的館舍大小，將根據公子您所住館舍的大小來作決定。」異人察覺出呂不韋的弦外之音，便立即將他請入屋內密談。不韋憂心地說：「秦王已經老了，一旦駕崩，太子安國君必然繼承王位。我聽說安國君十分寵愛華陽夫人，可惜華陽夫人一直膝下無子，不過華陽夫人卻有權決定誰爲繼承人。公子的兄弟姊妹們共有二十多人，公子向來不受安國君重視，現在公子又被送到趙國這兒來當人質，根本無人過問你的生死，如此一來，你絕對當不成太子了。」異人說：「先生說得很對，那我該怎麼辦呢？」不韋誠懇地說：「公子眼前的處境十分落魄，既無力營建宏偉的館舍，更沒有辦法招徠賓客。在下雖不是大富之人，卻願意奉獻千金家產，全力資助公子。首先，在下要走訪一趟咸陽，拜訪安國君與華陽夫人，爲公子鑽營門路，期能因此使公子躍升爲繼承人。」異人聽後，大爲感動，點頭說：「如果先生眞能助我成爲繼承人，有朝一日，我若能登基，一定將半壁江山送給先生。」

威脅利誘雙管齊下

於是呂不韋積極展開策畫工作。首先，他拿出五百金爲異人買得「名聲」。在當時的上流社會中，任何人只要擁有百金，能營建華麗的館舍，廣宴賓客，就可以博得美好的「名聲」了。只要有錢，這一初步計畫當然會成功。

第二步計畫，呂不韋又拿出五百金資產，購買許多奇珍異寶，準備前往咸陽，鑽營門路。據《戰國策》上記載，不韋首先向華陽夫人的弟弟陽泉君下手，送了很多禮物給他，又託陽泉君轉送很多禮物給華陽夫人，狡猾地說：「這都是異人的一點孝敬，異人在趙國，時常思念太子與夫人，他以夫人爲天，總想回國來拜見夫人。異人既賢明又有智慧，常結交各國諸侯、天下賓客，他的人緣好極了，將來會是太子一個極有力量的助手。」

陽泉君見錢眼開，就照樣把話搬進華陽夫人的耳中。華陽夫人雖然不全相信，心裡卻很快活，時時予以存問。不韋和陽泉君的關係，於是愈來愈密切。有一天，不韋對陽泉君說：「古人說得好，以美貌侍奉人者，一旦美貌褪色，寵愛也就消失了。夫人所以能夠侍奉太子，得太子的寵愛，是以美貌取勝的。夫人總有一天要老的，等到老了，自己身邊又沒有兒子，一旦太子崩逝，子傒（太子安國君的長子）繼位，杜倉（子傒的太傅）秉政，那時夫人門前，就要冷落到長滿蓬蒿了。假使夫人能及時在諸公子中選擇一位賢公子，立為自己的兒子，將來太子即位為王，就立這位賢公子為太子，夫人就可以永遠安定，無憂無慮了。」陽泉君問：「二十多位公子，你說誰最賢能呢？」這一問，正中不韋的心意，不韋一本正經地說：「諸公子中，異人應該是個賢才。他被屏棄在趙國，常常引領西望，希望早日回來。他又是最為尊敬夫人的，倘若夫人能把異人收為己子，以後即可立為太子。異人本來是無國的，變成了有國；夫人本來是無兒的，變成了有兒，這不是兩全其美，萬世之利嗎？」

《戰國策》上又記載著：不韋到咸陽之後，即對陽泉君說：「你是否想到自己的榮華富貴已不久長了？再過不久，你將會招來殺身之禍。你們一家人因為華陽夫人的得寵，便個個居高位、享榮華，連將來可能成為安國君繼承人的子傒，都沒有你們這等享受。你的府邸滿是奇珍異寶，姬妾眾多，馬廄中也有許多駿馬，這是多麼令人歆羡啊！如今大王年事已高，日漸衰老，有朝一日，安國君繼承王位後，子傒會被任命爲太子，到時候，你的處境恐怕將危如累卵；你的權勢富貴將和那早晨盛開、中午枯萎的木槿一樣，短暫得很哪！我有個錦囊妙計，可使你的權勢穩如泰山，永遠不必擔心災禍臨頭。」

呂不韋憑著三寸不爛之舌，終於打動了陽泉君和華陽夫人的心。對宮中的嬪妃來說，有兩個理由足可使她們的權勢和地位大爲削弱，一是失去君主的寵愛，二是膝下沒有子嗣。對於第二點，華陽夫人沒有理由拒絕呂不韋一番誠意的建議。更可況呂不韋耗資五百金買來的奇珍異寶，頗令華陽夫人心動，無形之中，又增添幾分對不韋的好感。呂不韋的第二步計畫算是成功了。

華陽夫人雖然權勢很大，有享受不盡的榮華富貴，但那只是眼前的，她最擔心的是沒有兒子，而最難以釋懷的是自己年老色衰，現在呂不韋說出了她最擔心的事。她想來想去，覺得呂不韋的話確有道理。因此她準備打聽異人是否眞的賢能，是否眞的很想念她。狡猾的呂不韋早就以金錢鋪路，凡是趙國來往秦國的使臣、士人和商旅，沒有不稱讚異人賢能的。華陽夫人決定向太子哭訴。她說：「妾身榮幸能在後宮侍奉太子，卻不幸沒有兒子，現在聽說在趙的人質異人，賢明有智慧，交遊廣闊，未來可作爲太子的助手，求賜異人爲妾之子，妾身永遠感戴你的恩德。」太子安國君很寵愛華陽夫人，如今又見夫人說得懇切，而且淚眼婆娑，加深他憐香惜玉之情，也就答應了。刻了玉符，派人送到趙國，與異人相約，爲華陽夫人之子，並請呂不韋爲異人的師傅。

異人接到玉符後，便和呂不韋商量回秦國拜見父母之事。呂不韋花費了一番心機，才使趙王准許異人離境，但要異人限期回來。聰明的呂不韋知道華陽夫人是楚國人，爲了要討夫人的歡心，教異人穿一身楚國的服裝，回朝認母。華陽夫人一見異人的打扮，竟無法抑住內心喜悅的情緒，眼淚直流，一把拉住他，激動地說：「異人哪！你這身衣服，就說明你是我的親兒子了。」從此異人改了個名字，叫「子楚」。華陽夫人日夕在丈夫面前說，將來即位爲王後，要立子楚爲太子。子楚拜見父母，又獻上一批珍玩寶器，然後回轉趙國，仍舊做他祖父秦昭襄王抵押在趙國的人質。

美人計中暗藏玄機

子楚回趙之後，名譽更盛於諸侯。他時常到呂不韋的家中宴樂，《史記》上說，呂不韋爲了未來能控制子楚，使自己日後能在秦國掌握朝政大權，於是在宴會中使出了美人計。不韋有很多妻妾，其中有一名舞孃，名為趙姬，生得嬝娜娉婷，千嬌百媚，眞是楚楚可憐，人見人愛。根據蔡東帆《秦漢通俗演義》上說，她經過不韋的密授機宜之後，已經瞭解他的遠大計畫。在一次宴會中，不韋邀請子楚宴飲，酒到半酣，才令趙姬盛裝出見，從旁勸酒。子楚不看還好，一看趙姬花容月貌，竟禁不住目眩心迷，六神無主。偏偏趙姬也知趣，轉送她一雙靈動秋波，和他相對視，惹得子楚心癢難熬，躍躍欲試。絕頂聰明的呂不韋，一見時機成熟，假裝不勝酒力，把手枕頭，在席間假睡，還發出鼾聲。子楚覺得機會來了，一時之間，藉著酒力壯膽，便去牽動翠袖，一副垂涎求憐的樣子。趙姬若恨若喜，半推半就，正引人入勝之時，不料座上「啪」的一聲，不韋站起身來，怒容滿面，向子楚大聲叱喝：「你！你敢調戲我姬人？」子楚慌忙回頭，嚇得魂飛天外，無地自容。趙姬也呆立一邊，低垂粉頸，一副不勝嬌羞的樣子。不韋突然心平氣和地說：「我和你交往已經數年了，不應這般侮辱我啊！假如你愛這姬人，也可以直言告訴我，何必鬼鬼祟祟，做出這種事呢？」接著又懇切地說：「朋友相交，貴在有始有終，我一向胸襟廣闊，自不會為一個姬人和公子決裂。我願意將趙姬送給公子，好使有情人終成眷屬。」子楚聽後，大為感動，便向呂不韋叩頭說：「能夠得先生割愛，感恩不盡，此後如得富貴，必定圖謀報答。」

不韋說：「我將趙姬送給公子，只有兩個條件，需要依我。」子楚說：「除死之外，無事不從。」不韋說：「一是須納趙姬為正室，二是此姬生子，應立為將來王位繼承人。」子楚滿口答應，當場立誓為盟。於是三人再行共飲，直到夜色深沈，才喚來一輛輕輿，讓趙姬陪伴子楚上車，兩人滿懷歡喜，同返館舍，從此子楚和趙姬雙宿雙飛，成就了一段姻緣。

子楚和趙姬日夕綢繆，恩愛得很。不久，趙姬懷了身孕。本來懷胎十月，就應臨盆，《史記》上卻說：那趙姬懷了十二個月的胎才臨盆。當子楚未接觸趙姬之前，趙姬已有了身孕。由於這男孩出生後幾天便是次年正月，所以就取名為政，寄姓趙氏，所以稱做趙政，又因為秦國的祖先姓嬴，所以也稱嬴政。嬴政到底是子楚的兒子，還是呂不韋的兒子呢？那就要問問呂不韋的良心了。

秦昭襄王五十年，派王齮攻打趙國邯鄲城，趙王非常氣憤，把人質子楚抓起來，準備殺他洩恨。不韋總不能讓煮熟的鴨子飛走，於是花了六百金，買通看守，把子楚放了，逃到秦軍陣中，準備返回咸陽。趙王又搜捕子楚的妻子，幸好，聰明一世的呂不韋已將趙姬母子藏在民間，未被搜出來。直到魏兵救趙，聯合攻打秦軍，秦軍引兵西歸，子楚也就跟著回國了。稍後不韋也將趙姬母子送入咸陽。子楚回到咸陽後六年，他的祖父昭襄王逝世。他坐了五十六年的王位，足足活到七十三歲，算是很長壽了。所以當太子安國君繼位爲孝文王時，已經五十三歲。孝文王立愛妾華陽夫人爲王后，子楚爲太子。偏偏那孝文王才服完喪事一年，登上寶座才三天就與世長辭了。子楚繼承王位，是爲莊襄王。尊華陽夫人爲華陽太后，自己的生母夏姬爲夏太后，立趙姬爲王后，兒子嬴政爲太子。莊襄王回想當年在趙國當人質，過著窘迫窮困的生活，幸賴不韋殷切地噓寒問暖，照應他吃、穿、住，讓他有豐厚的物質享受，不止如此，還將他擁上秦王的寶座，又在獄中救了他一命。如果沒有呂不韋，他能生還秦國嗎？他能登上王位嗎？莊襄王反覆懷想，爲了報答呂不韋的大恩大德，於是任用他爲丞相，封文信侯，以河南洛陽的十萬戶作爲呂不韋的食邑。雖然莊襄王沒有實踐要和呂不韋共有國土的諾言，但是呂不韋的政治投資，總算有了回報。正好此時東周天子聯合六國諸侯，準備攻打秦國，莊襄王知道以後，派遣相國呂不韋督軍攻打他們。東周天子領地狹小，兵力單薄，哪裡是一等強國的對手。六國諸侯對秦國又有幾分畏懼，觀望不前，使得不韋大出鋒頭，滅了東周。周朝八百多年的宗祚，就這樣毀滅在一個衛國商人出身的呂不韋手中。不韋班師回朝時，受到莊襄王盛大的賞賜。

沽名釣利為所欲為

好景不常，莊襄王即位才三年，就一病不起。嬴政依法繼承王位，是爲秦王政。這時秦王政才十三歲，只是一個小孩子而已。秦王政的母親趙姬被尊爲太后，呂不韋也被尊爲相國、仲父，國家大權掌握在太后和不韋兩人手中。偏偏兩人又是老情人，此時太后才三十歲左右，怎禁得住喪夫後的深宮寂寂，孤帳沈沈？還好秦王政年少，太后也樂得勾引不韋，重續舊歡。而宮娥采女，都是太后的心腹，個個守口如瓶。不韋既然有太后爲靠山，又掌握了秦國的政治大權，就想學習當時的四大公子，和他們一爭長短，招攬賓客，揚名立萬。這四大公子分別是齊國的孟嘗君，魏國的信陵君，趙國的平原君和楚國的春申君。一個個都能禮賢下士，結交各方才俊，用以佐君輔國，自壯聲勢。不韋以爲自己身爲一等強國的相國，怎可在這方面趕不上那些貴族子弟。於是招攬門下賓客三千人，三教九流，無所不包。他是個商人出身的政治家，對於做生意賺錢的好處，是永遠忘不了的。既然已取得了政權，正好利用政權的方便，把生意做得更大，錢賺得更多，有了錢，就可使權勢更穩固。精明的呂不韋，除了養著幾千名爲他出計謀的讀書人之外，還養著上萬的家僮。這家僮就像家奴一樣，有的在家做手工藝，有的被派到各國做生意，拓展成廣闊的經濟網，凡是通商大都市，都有呂不韋家僮的足跡。因爲呂不韋出身於商人，故而反對秦國傳統的重農輕商政策，這種政策是秦孝公時代商鞅所主張的。不韋竭力想抬高商人的地位，把以畜牧起家的商人烏氏倮，比作封君；讓開掘丹砂發大財的寡婦清，能夠與諸侯和國君分庭抗禮，並爲她建築女懷清台。

戰國的學術風氣興盛得很，著書立說是常有的事。呂不韋叫他的門客各自將自己所見所聞，著作成集，其中分八覽，六論，十二紀等篇，共有二十多萬字。他以爲此書已經備述天下古今之事，所以題名爲《呂氏春秋》，並將它張貼公布在咸陽市城門，揚言說如果有人能在這本書上增加或刪減一個字，就賞他千金，這就是「一字千金」的由來。不韋採用的各家學說很雜，有儒家、有道家、有兵家、有墨家、有陰陽五行家，成爲「雜家」之學了。他採取道家無爲而治的部分，希望秦王政能夠無所作爲，將政權交給他，好讓自己權力能夠穩固。他也尊重道家的養生之道，但爲了避免太過於消極和不切實際，也提倡儒家的修身、齊家、治國、平天下的道理。對於墨家學說，採用其中的節喪和忠廉的思想，拋棄其中禁止攻戰和音樂的主張。對陰陽家學說，採用五行相生和五德始終的部分。這是很神祕難懂的學說，譬如在十二紀中，每紀的首篇代表一個月的時令，十二紀就代表十二個月了。十二個月可分春、夏、秋、冬四季，那麼十二紀也就分成四季了，一季代表一家的學說。譬如春季，象徵萬物生長的季節，就採用道家的學說，大談養生之道；譬如夏季，象徵萬物旺盛季節，就採用儒家的學說，談教學和作樂的理論；譬如秋季，代表萬物凋零的季節，有肅殺的氣氛，就採用兵家的學說，談出動義兵和選練軍隊的道理；譬如冬季，是萬物收藏的季節，就採用墨家的學說，談節約和忠廉的觀念。在這四季中，又以陰陽五行家的學說來貫穿它們。因此各大學派綜合成一種雜學，呂不韋就成了這類雜學的開山祖師。

假太監惹禍上身

日子一年年過去，秦王政已接近成年，不韋也逐漸衰老。偏偏太后時常宣召不韋。處處流露著智慧的呂不韋，怎能沒有戒心呢？於是使出金蟬脫殼之計。《史記》上說：當時有個叫嫪毐的人，深諳房中之術，不韋知道以後，立即收他爲門下客，並向太后推薦，太后欣喜若狂。不韋即將身材魁梧的嫪毐打扮成太監，悄悄送到宮中去侍奉太后。不久太后竟然懷孕了，由於兩人私通，怕事跡洩漏，於是就利用夏太后病逝的機會，買通占卜的人，欺騙秦王說宮中不利母后，應該遷居避禍。秦王政就請母后遷往雍宮，嫪毒樂得也跟去了。自此母子分離，不必顧忌。太后一連生下兩個兒子。在盡情享樂之餘，太后賞給嫪毒難以數計的財寶，又封他爲長信侯，以山陽作爲他的食邑，又加封太原郡國。嫪毒一時位高權重，每天前來逢迎求取祿位的人，不知有多少。他想學呂不韋，招攬門下食客一千多人，僮僕則有千人，仗著太后的勢力，和呂不韋分庭抗禮。

嫪毒雖然權勢高漲，卻沒有呂不韋的智慧。他愈來愈狂妄自大了。有一天，他和一群賓客一起飲酒作樂，在微醺之際，他和一名賓客發生了爭執，嫪毒一氣之下，氣焰高張地對那名賓客說：「哼！我是大王的義父，你竟敢對我不敬，當心我取你性命。」《史記》上說：嫪毒日夜盼望秦王政死後，他的兩個兒子能夠繼承王位呢！那位被羞辱的賓客心頭十分氣惱，悄悄趕回咸陽，將嫪毒的狂言告訴秦王政。此時，秦王政已經二十二歲，一聽說太監嫪毒竟能和母親私通，那還得了！王室的聲威不就因此掃地了嗎？他立即命人前往調查虛實，不久即得密報，說嫪毒並非太監，和太后確實有通姦之情，於是秦王政決定剷除嫪毒。

秦王政是一個絕頂聰明的人，有氣魄，且果斷，也很有計謀和主張，眼看呂不韋和嫪毒專權用事，在他的心中，早已種下了恨意。殺嫪毒是秦王政初露身手的表現。

他定下一個策略：聯合明日的敵人，打倒今日的敵人。爲了殺嫪毒，秦王政事先籠絡掌握政治和軍事大權的呂不韋，呂不韋則心想，秦王政能爲他除去一個政敵，也未嘗不是件快心的事。呂不韋似乎沒有察覺到秦王政是一個陰沈而有大志的人物，他以爲幫助秦王政剷除嫪毒以後，他的權勢就可以穩固。其實他小看了秦王政，也許是年老智衰的原因吧！秦王政到雍地朝見太后，宿在蘄年宮。嫪毒對於秦王政要對他下手早有所聞，他想秦王政從咸陽到雍地，是到了他的範圍，何不乘此機會，除去秦王，篡奪大位呢？嫪毒於是盜用秦王的國璽和太后的玉璽，徵發縣卒、衛卒等，準備向蘄年宮進攻，想一舉將秦王政殺死。不料事機不密，秦王政獲得了消息，隨即徵調相國呂不韋的軍隊和昌平君、昌文君的隊伍，狙擊了嫪毒的叛兵，展開巷戰。嫪毒的兵被殺死幾百人，其餘的均作鳥獸散。秦王政懸賞能生擒嫪毒者，賞錢百萬。殺死而獻頭顱的，賞錢五十萬。沒多久，嫪毒和他的黨羽二十多人，都被活捉了去，殺頭了事。嫪毒則被處以最殘酷的刑罰，五馬分屍，他的親族包括父族、母族、妻族等三族也被滅了。他的門下客分判輕重刑罰。因嫪毒一案被牽連，免了爵位，遷徙到蜀郡房陵去的就有四千多家。他和太后生的兩個兒子也被裝在袋子裡活活撲死。太后則被遷居到棫陽宮，派人加以管束，不准她過問國事。

顯貴一時下場淒涼

嫪毒這一政治勢力肅清了，接下來便是對付呂不韋。當嫪毒被擒受審時，供詞上牽涉到呂不韋，呂不韋將嫪毒僞裝成太監引入太后宮中的醜事終於被揭穿了。秦王政想將呂不韋一併除掉，但因爲各國使臣都替呂不韋說好話，秦國大臣也紛紛說呂不韋扶立先王有功，不宜處死。秦王政爲了輿論洶洶的關係，暫時抑住內心不滿的情緒。後來，秦王政藉口呂不韋放縱嫪毒爲惡，罷免了他的相國職位，命他居住到河南洛陽的食邑去了。

當秦王政幽禁太后於棫陽宮之後，秦朝大臣紛紛議論，責怪秦王政背母忘恩，更有幾個激烈的官吏，上奏章直諫，請秦王迎回太后。秦王政一看諫書，怒上加怒，竟下令將諫官處死，並榜示朝堂，敢諫者一律死刑。幾個不怕死的，再去直諫，只有落得自討苦吃，身首分離，總計直諫被殺的，共有二十七人，群臣就不敢再講話了。偏偏有一名齊國賓客茅焦不知趣，伏闕請諫。秦王大怒，按劍嚴肅地坐著，並叫左右把鍋子抬過來，準備把茅焦煮爛。茅焦毫不畏縮，慢慢前進，再三叩拜，站起來，正氣凜然地說：「臣聽說生不怕死，存不怕亡；怕死的未必能生，怕亡的未必能存，死生存亡的至理，是英明國君所樂意聽的，陛下現在也願意聽聽嗎？」秦王政一聽，還認爲他別有至高的道理要說，並不關係太后的事，因此就改變臉色答：「允准你說來聽聽。」茅焦見秦王政怒容收斂，便義正辭嚴地說：「陛下今日所作所爲，眞是狂悖，車裂假父，撲殺二弟，幽禁太后，殘殺諫官，夏桀商紂，亦是如此，如果天下人知道此事，將不再有人嚮往秦國，秦國必亡，陛下必危。臣不忍心默默不語，和國家一同滅亡，情願先跳進鍋中，視死如歸！」一邊說著，一邊解開外衣，就要跳進去了。秦王政連忙下座，拉著茅焦，當面謝過。並任命茅焦爲上卿，令他隨往迎回母親到咸陽來。

呂不韋到了洛陽，依然和各國諸侯的使者來往。秦王政得知這種情形，唯恐早晚會出亂子，便寫了一封信給呂不韋：「你對秦國有何功勳，竟被封爲文信侯，食邑河南十萬戶，你與秦王室有何親屬關係，竟被尊爲仲父。你還是帶著你的家屬，遷到蜀地去住吧。」呂不韋到了四川，摸著良心，自我反省，知道秦王政不會放過他，早晚總會死在他的手裡。與其將來被殺，不如自殺算了，便飲毒而死，結束了轟轟烈烈的一生。呂不韋自殺的消息傳到了咸陽，秦王政就更放心了，把呂不韋的家屬男女老幼，戶籍設入官府爲奴。並申告以後如有操縱國事像呂不韋、嫪毒者，一律按照此例，籍沒全家老幼爲奴，絕不寬貸。至於太后，被迎入咸陽後，則遭受監視，度過寂寞的中年生活，一直到五十歲死亡爲止。

二、氣呑山河

力主間諜戰的尉繚

秦王政在排除了呂不韋和嫪毐兩大勢力後，國家的大權都掌握在他手裡了，這時秦國已經兼併中原六國不少的土地，設立了十四個郡。中原六國最危險的，無過於韓、魏兩國，這兩國現在所保有的土地，已經微乎其微，又正處於秦國出入中原的路口，離秦國最近，因此，韓、魏兩國較燕、趙、齊、楚四國更加憂慮。

戰國時代用兵講究權謀，間諜工作很盛行。當時，魏國大梁（河南開封）有一個名叫繚的人，是一位法學家，專門研究商鞅法學的。當呂不韋秉政，推行雜家學說，強調重商政策和君主無為而治的時候，繚居住在大梁，不輕易出遊。等到呂不韋自殺，秦王政掌握全權，屏棄呂不韋的雜家學說，繼行傳統的商鞅法學政策，繚便輕車簡從到了秦都咸陽，以商鞅信徒自居，朝見秦王政。兩人見面以後，談得很投機。秦王政倚之如左右手，不但信服他，也尊敬他，設立上等賓館接待他，終日和他一起研究國事。秦王政任命繚為秦國的國尉，這是秦國的最高軍事長官，有權指揮全國軍隊。秦王政把這個職位封給繚，等於把兼併六國、統一天下的軍事責任交給他了。繚因擔任國尉的官職，後人就稱他為「尉繚」。

《史記》上記載尉繚對秦王政的印象，說：「秦王的鼻如蜂；雙眼細長；胸部突出像兇猛的蒼鷹；聲如大鐘，像山中野狗狂叫。據我觀察，秦王是個冷酷無情的人，和虎狼相差不遠。當情勢不利於他時，他不惜低聲下氣，可是一旦形勢改觀，他會無情地把別人踩在腳底。他現在尚肯謙恭地聽我說話，可是等到他得到天下後，他會暴戾得使所有人都成為俘虜，這種人不可以和他長久地在一起啊！」

尉繚兼併六國的戰略，是以間諜活動作先鋒的。先把間諜滲透到各國，從各國的內部分化起。等到內部的矛盾成熟了，再以兵力去攻打，就容易多了。這是政治作戰和軍事作戰的配合。《史記》上記載尉繚對秦王政說：「以秦國的強大，六國諸侯有如郡縣的官吏。但值得憂慮的是六國諸侯再度聯合起來，採行合縱政策，來一個出其不意，這就是從前智伯、夫差、湣王他們所以滅亡的原因啊！希望大王不要吝惜財物，運用大量財寶收買各國的重臣名將，製造他們內部的矛盾，擾亂他們抵抗秦國的計畫。大王只要花三十萬金，諸侯必可一個一個地消滅。」秦王接受他的建議。尉繚定下此一離間計之後，推舉了一個具體執行計畫的人，他就是李斯。

一心跳脫窮困與卑賤的李斯

李斯是楚國上蔡人，年輕時，當過楚國地方上的小吏。有一天，他偶然見到棲居在陰溝裡的老鼠和住在糧倉裡的老鼠，兩者之間的生活情形差得很遠。住在陰溝裡的老鼠渾身污穢不堪，能吃到的只是一些髒臭又腐敗的食物，整天提心吊膽地防備受到人或狗的攻擊。住糧倉裡的老鼠，有堆積如山的穀物可飽食無虞，所以都長得肥肥壯壯，身上也乾乾淨淨的，不會受到人或狗的追捕，生活得自由自在，無憂無慮。李斯看到此情此景，不禁感慨橫生，嘆了一口氣說：「人也和老鼠一樣，生活過得好不好，有沒有出息，完全看自己如何自處而已。」

從此以後，李斯發憤向學，拜荀子爲師。荀子曾對秦國評論說：「秦國以法家思想爲治國根本，厲行法治，所以全國上下人人守法，人民也十分樸實勤儉。」又說：「秦國唯一的缺點，就是太推崇法治，完全忽視了儒家的政治觀念，這未免流於偏失。如果秦國君主能採用一點儒家的主張，相信秦國必定比現在更高強。」李斯在荀子的教誨下，對天下大勢有了更深入的瞭解。李斯認爲楚王庸碌無能，不值得爲他效力；而六國諸侯大都國弱民貧，也很難使他有機會建功立業。放眼天下，只有秦國才是他發展抱負理想的所在，於是他下定決心到秦國去。臨行前他向老師荀子辭行，胸懷大志地說：「弟子聽說，人要把握機會，才有建功立業的可能。而今各國諸侯相互交戰爭強，遊說之士都能受到重用而各展所長。就以秦國來說，秦王政是一個野心勃勃的人，有志於併呑天下，稱帝而治，這實在是一般平民和有才俊的人士大有可為的絕好機會。何況，一個人處於卑賤的位置，卻安於現實，不知奮發圖強，這和禽獸又有什麼分別？人生在世，最大的恥辱莫過於卑賤，最大的悲哀莫甚於窮困。如果一個人長久處在卑賤的位置、窮困的境地，還無意追求世俗的利祿，自鳴清高，自託於無為，實在不是有志人士的常情。所以弟子要到秦國遊說去了。」

李斯來到咸陽，當時秦國大權還在呂不韋之手，李斯便作了呂不韋的門下客。呂不韋和李斯作了一次談話之後，認為他是一位了不起的人才，就任命他為「郎」，這是侍從祕書的職位。

西元前二三七年（始皇十年），呂不韋被免除相國職位不久，隨即爆發了一宗「間諜案」。原來韓國派遣了一位名叫鄭國的人士來遊說秦國，他建議秦王修建水利，開鑿河渠，用以灌溉農田。其實他的目的是想藉此消耗秦國的人力、物力，使秦國國力受損而無力征服六國諸侯。這一祕密被發覺了，秦國的宗室大臣一致向秦王政進言：「各國的所謂才俊人士到秦國來投效，大都是各爲其主，想在秦國進行遊說與離間任務，所以請求大王下令驅逐所有客卿出境。」李斯來自楚國，當然也被列入驅逐的名單中。他心想：「秦國的宗室大臣因嫉妒秦王政重用各國才俊人士，所以才以此藉口，排除客卿的政治勢力。」於是他寫了一篇句句智慧的〈諫逐客書〉，獻給秦王政。他說：

「臣聽說官吏們建議驅逐客卿，臣以爲這是錯誤的。從前穆公徵求賢士，從西方的戎地，聘請了由余；從東方的宛國，贖得了百里奚；從宋國迎來了蹇叔；從晉國延攬了邳豹和公孫支。這五位賢士，都不是秦國人；可是穆公任用他們，結果併吞了二十多國，得以稱霸西戎。孝公用商鞅的新法，改變風俗，人民因此殷實興盛，國家也因此富足強大，百姓們樂於爲國效力，諸侯親近服從，先後擊敗楚國、魏國的軍隊，占領了千里土地，直到現在，還是政治修明，國家強盛。惠王用張儀的計策，奪取了三川的土地，向西併吞巴蜀兩郡，向北取得了上郡，向南占領了漢中，兼併了九夷，控制了鄢郢，向東占據了成皋險要地區，割取了肥沃土地，因此拆散了六國合縱的盟約，使他們反而西向侍奉秦國，功勞至今還在。昭襄王得到了范雎，於是廢免穰侯，驅除華陽君，強大王室，杜塞權貴私門，像蠶吃桑葉似的，逐漸奪取諸侯土地，使秦國完成帝國基業。這四位君主，都是靠客卿的功勞，由此看來，客卿有什麼對不起秦國呢？假使過去這四位君主，拒絕客卿而不容納，疏遠賢士而不任用，這就會使國家在實際上得不到富足，而在外面也得不到強大的威名了。

「現在大王得到了昆山的美玉，有了卞和的寶璧和隨侯的明珠，掛著明月珠，佩著太阿劍，駕著纖離馬，豎著翠鳳旗，擺著靈鼉鼓。這幾種寶物，沒有一件是秦國的，可是大王卻喜愛它，爲什麼呢？一定要秦國出產的才可以用，那麼夜光璧就不該裝飾在朝廷裡，犀牛和象牙的器具就不該作爲玩好，趙衛的美女更不該藏在後宮，駃騠好馬不該養在馬棚，江南的金錫不該用，西蜀的丹青不該拿來塗彩。所有用來裝飾後宮、充作姬妾、娛樂心意、快活耳目的，一定要出產在秦國的才可以用，那麼宛珠簪、傅璣珥、阿縞衣，以及錦繡華美的裝飾，就不該進呈到面前，而時髦優雅、豔麗美好的趙國女子，也不該站立在身旁。那敲水瓶、打瓦缶、彈竹箏，拍著股骨，嗚嗚歌唱用來快活聽覺的，是道地的秦國音樂；鄭衛桑間的靡靡之音、虞舜周武的古音，都是外國的音樂。現在捨棄了敲瓦缶、水瓶而聽鄭衛的歌曲，不用彈箏而欣賞韶虞的古樂，這樣做爲什麼呢？還不是快樂當前，適合欣賞嗎？現在用人卻不是這樣，不問是非、不論好壞，只要不是秦國人，就不用；做客卿的，就驅逐。那麼所看重的是女色、音樂、寶珠、美玉；所輕視的是人才了。這不是統一天下、控制諸侯的辦法啊！

「臣聽說土地廣的國家糧食多，領土大的國家人口眾，軍隊強大的國家士卒勇敢。所以泰山不排除土壤，才能成就它的偉大；河海不拒絕小水滴，才能成就它的深度；帝王不捨棄百姓，才能顯揚他的盛德。因此土地不分東西南北，人民不分本國外國，經常追求充實美好，鬼神就會降福，這就是五帝三王無敵的原因。現在大王卻要拋棄人民來幫助敵國，排斥賓客使他們侍奉諸侯，使得天下人才退縮不敢西來，止步不再踏入秦國，這就叫做借兵器給敵人，送糧食給盜賊啊！

「物品不出產於秦國，珍貴的地方有很多；人才不出於秦國，願意效忠的人也不少。現在驅逐客卿來幫助敵國，損害人民來助益仇人，使國內空虛而外面又和諸侯結怨，要希望國家沒有危險，是不可能的。」

這封奏書果然有效，秦王政立即改變政策，取消逐客令，恢復李斯的原職。當尉繚在秦王政面前推薦李斯之後，李斯和尉繚便成為秦王政統一天下最有力的左右手。

李斯這時已放棄了荀子的儒家和呂不韋的雜家學說，而推行法家的政策了。《史記》上說：「李斯有一次對秦王政提出以武力統一天下的主張：從前秦穆公稱霸於諸侯，終未東進併吞六國，根本的理由是在當時的諸侯還很多，而且周王朝還受各諸侯的尊敬。自秦孝公以來，周王朝積弱不振，日漸衰敗，諸侯相互兼併，以致關東僅餘六國，秦國以其強大的軍事力量，役令諸侯，已有六世了。如今諸侯害怕秦國的聲威，必侍奉服秦，像郡縣服從中央一樣。現在，以大王的英明，運用秦國強大軍事武力，必能擊滅諸侯，創建帝業，統一天下易如反掌。大王如不能利用這種千載難逢的機會，立刻出兵征伐，恐怕等諸侯富強，再採合縱策略，組成聯合陣線，共抗強秦，那時縱然有黃帝的賢能，也無法併吞六國了。」李斯因此漸漸得到了秦王政的信任，而掌握了政治大權。秦王政聽從李斯的計畫，派遣謀士帶著大量的寶物去遊說六國諸侯；能夠賄賂的就收買他，當作內奸；不肯受賄賂的，就以利劍刺殺他。

這時韓國在關東六國中是最小的一個，它的領土又最靠近秦國。韓國已屈服在秦國之下，進貢來朝，成爲秦國的附庸了。然而韓王並不甘心如此，一旦遇到關東各國合縱聯盟，他就擔負起進攻秦國的先鋒。譬如西元前二四一年（始皇六年），韓國聯合魏、趙、衛、楚四國組成五國聯軍，出擊秦國，攻占了原被秦國併吞的壽陵。秦國出兵迎擊，五國聯軍各自撤退回國。因爲韓王對秦王政的叛服，秦王政認爲韓國一天不滅，總是後患。韓王安聽到秦國將對韓國發動攻擊，心想：「韓非也是荀子的學生，和李斯有同學關係，不如派他去秦國做疏通工作，緩和兩國的緊張。」

韓非是韓國公子，喜歡刑名法術的學問，他的思想淵源以黃老之學作根本。天生說話結結巴巴，不過在著書寫作方面，則很有才華。李斯自認爲學識比不過韓非。韓非滿懷愛國的理想，痛恨自己的國家君主不能修明法治，任用賢能，謀求富國強兵之道。他悲嘆廉節賢能的人才爲邪惡的臣子所排擠，他觀察時代的大勢和古今變局，寫下了不少文章，包括〈孤憤〉、〈五蠹〉、〈內外儲〉、〈說林〉、〈說難〉等篇。當他的文章傳到秦國時，秦王政讀了〈孤憤〉和〈五蠹〉，深爲激賞，好像看到知己一樣，感慨地說：「寡人若能見到這位作者，和他交往，也就死而無憾了。」李斯一聽，興匆匆地對秦王政說：「這是韓非作的，他是我的同學。」

韓非到了秦國，秦王政見了以後，高興得很，想要他留下來爲秦國效命。但是韓非不是爲了個人名利而來，而是爲了祖國存亡而來。這是韓非和李斯兩人最大的不同處。當時楚趙等國準備組織聯軍，共同對付強秦。秦王政打算派謀士姚賈攜帶珍珠寶玉前往各國遊說，瓦解他們合縱出兵攻秦。韓非得知此一消息，對秦王政說：「大王派姚賈帶了那麼多珠寶到各國去遊說，恐怕未必有效。姚賈如果借重大王的權威，利用秦國的財寶，存有私心，去和各國諸侯結交，那會有什麼結果呢？請大王愼加考慮。再說，姚賈是大梁一個守城門人的兒子，在大梁做過強盜，以後投效趙國，又被趙國驅逐出境。像這種人，大王竟然把國家外交的大計畫委託在他身上，這對其他臣子如何交代呢？」

秦王政聽了，立刻召見姚賈，很鄙視地對他說：「你是看城門人的兒子，大梁的強盜，趙國的逐臣，對嗎？」姚賈巧妙地答：「對的。但這又有什麼關係呢？想當初，太公望是朝歌的廢屠，周文王用了他而稱王；管仲是個鄙俗的生意人，齊桓公用了他而稱霸；百里奚是虞國的乞丐，秦穆公用了他而使得西戎來朝貢；晉文公用了中山大盜，而在城濮之戰打了勝仗。這些人都各有他們的糗事，出身也不比微臣高尙到哪裡去。但他們都輔佐明君，建立大業，所以說任何人只要能爲大王效忠賣命，完成大王交付的使命，而有助於大王的號令天下，節制諸侯，何必管他的出身呢！」秦王政一聽，就說：「你說得倒也有理。」因此仍然派他出使四國。韓非打擊秦國的計畫算是失敗了。

有一次，韓非上書秦王政，說：「韓國順服秦國已經三十多年，進貢效役，無異於秦國的郡縣。現在聽說貴大臣李斯計畫攻取韓國，臣不得不有所建言。誠如大王所知，趙國君臣生聚教訓，意在抗秦，已非一日。而今天大王不攻敵對的趙國，反而想攻取順服秦國的韓國，實在令人百思不解。韓國雖然弱小，但其君臣上下一心，固守疆土，秦國未必能在一年內毀滅韓國。那時候韓國叛秦，兵連禍結，實非秦國之福。若依臣愚見，大王不如派遣使臣安撫楚、魏二國，然後與韓國聯合攻趙國，趙國雖然有齊國作後盾，也不足為患。對齊趙兩國的軍事行動順利結束後，楚魏二國必將自行歸順，攻韓之議，自無任何必要。請大王愼思裁奪。」

秦王政對韓非的意見書暫時採取保留態度，並和李斯商議。李斯一看，心想：「這是韓非為了迴避秦國攻韓而轉移目標的一種手段。」就上書反駁韓非的意見，說：「韓國雖然臣服於秦國，未嘗不是秦國的心腹大患。如果秦國輕率進兵攻齊趙二國，韓國可能南結楚國，其他諸侯呼應，秦國勢難免於腹背受敵，陷入兩面作戰的困境。如今韓非來秦，完全是為了保存韓國而削弱秦國，絕不是為了有利於秦而來。韓非上書的內容，包藏禍心，顯然可見。所以依臣愚見，不如發兵出秦，但不宣布征伐的對象，那時齊趙一定不敢輕舉妄動，楚魏也會有所懷疑顧忌。微臣即可親往韓國和韓王直接談判，令其臣服大王。」

秦王政認為李斯說得有理，就派他到韓國去了，哪裡知道韓王拒絕接見，李斯只好上書韓王，文中充滿威脅恐嚇的言辭，韓王仍然不理。李斯回秦後，就策畫攻打韓國的軍事行動。韓非破壞秦國攻打韓國的計畫，又告失敗了。李斯和姚賈一同向秦王政進讒：「韓非是韓國王室的公子，如今大王想要兼併諸侯，韓非在此，終究會爲韓國的利益打算，不會爲秦國著想的，這是人情之常。大王不用韓非，卻又讓他留在這裡，日後一定會出問題，不如除掉他，以絕後患。」秦王認爲李斯說得頭頭是道，便令人抓起韓非問罪，李斯派人送毒藥給韓非，要他自殺。韓非想要見秦王，當面解釋一切，卻無法見到。秦王政很佩服韓非的學問，將他拿下問罪後，便感覺後悔，再派人去赦免他時，韓非已經與世長辭了。

韓王安派出的間諜韓非一死，至此已經束手無策了，就獻出了一部分殘存的南陽之地，請求永作藩臣。秦王政便派內史騰帶著大隊人馬去接收了。次年（西元前二三〇年，始皇十七年）秦王政藉口韓國意圖勾結趙、魏合縱攻秦，命內史騰把韓王安活捉到咸陽，因此韓國所有土地劃入秦國版圖，建立一個潁川郡，韓國自此滅亡。

中原各國的實力，以趙、齊兩國較強，所以尉繚特別在這兩國大量滲透間諜，多方進行收買、分化。一面布置趙、齊的內奸，一面又先對趙國採取武力行動，可說是政治作戰和軍事作戰並重。西元前二三四年（始皇十三年）秦國大將桓齮，奉命攻趙，取得了平陽（河北省臨漳縣西）、武城（山東省武城縣西），打垮了趙國軍隊，趙國主將扈輒陣亡，趙軍被斬首十萬。次年秦國軍隊越過太行山，攻打趙國的平陽、宜安（河北省槀城縣西南）。趙國爲了救亡圖存，就將鎮守在長城邊上的大將李牧調回來。

李牧是趙國鎮守邊疆、防禦匈奴的大將軍。李牧大軍南下，立即展開反攻，戰局改觀。秦軍在肥（河北省槀城縣西）被殺得大敗，大將桓齮落荒而逃，不敢回秦國，直接投奔燕國避難去了。李牧因大功被趙王遷封爲武安君。秦王政非常憤怒，次年另派兩員大將，分兩路夾攻，一路到了鄴，直取趙都邯鄲城。另外一路到了太原，繞過太行山，進攻番吾（河北省平山縣南）。這兩路軍都不是李牧的對手，還被打得落花流水。但秦王政並不因連打敗仗就罷手，卻是愈敗愈戰，使得趙國實力虧損不少。趙王遷心想：「李牧不能老是不回北疆，萬一匈奴那邊起事，誰來主持防守呢？不如把老將廉頗從魏國調回來，把抗秦的重任交給他。」就派一個使者去探望廉頗，看看年紀老邁的他是否還能馳騁疆場。沒想到秦國收買了趙王遷的寵臣郭開，郭開以錢買通使者，叫他說廉頗的壞話。廉頗和使者見了面，就故意假裝一頓飯吃了一斗米，十斤肉，並且披甲上馬，馳騁一番。使者回國報告趙王遷，說：「廉頗雖然老了，還是能吃能喝，只是和我坐談了一會兒，便上了三次廁所。」趙王遷一聽，真以爲廉頗老了，便不用他。

郭開這個人自私自利，曾對別人坦白地說：「趙國的存亡，是一國的事，不是我郭開的事。」當時有一位秦國派往趙都邯鄲的間諜，認爲郭開可以利用，就去問郭開說：「萬一趙國亡了，你將到何處呢？」郭開說：「那只有在齊、楚之間，選擇一個安全的地方吧！」這位間諜說：「秦國天下無敵，眼看齊、楚就要跟韓、趙一樣，沒多久就要亡於秦國了，他們連自己都不能自保，還能庇護你嗎？」郭開說：「照你這樣講，我將無路可走了？」這間諜說：「不！你將來唯一的出路是秦國。秦王寬宏大量，屈己下賢，我可以代你在秦王面前美言幾句，等趙國亡了以後，秦王請你官居上卿，那時秦國良田美宅，任君挑選，享受一輩子的榮華富貴，就用不著再擔心了。」郭開大喜，決意投秦，這間諜又給了郭開不少金銀，要他身在趙國爲秦國做事。這間諜回到秦國，對秦王政說：「臣用一萬金買了郭開，用一個郭開買了趙國。」秦王政高興得很，就趁著趙國荒旱歉收的時候，藉口趙國背棄盟約，準備反攻太原郡。派王翦爲大將軍帶領軍隊，直下井陘（河北省井陘縣北）；另一路由副將軍楊端和率領，進攻邯鄲。還派一支援軍，由羌瘣率領，往來策應。趙國仍以李牧爲大將，司馬尚爲副將，採用堅壁戰術，築了強固的堡壘和深長的戰壕，牢牢固守。雙方相持了一年，秦軍並無進展。

秦王政很焦急，便和尉繚計畫，如何能速戰速決。秦王商議的結果是利用郭開來離間李牧和趙王遷的關係。郭開就在趙王遷面前說李牧有出賣趙國的意圖。趙王遷大怒，下令召回李牧。李牧在前方接到命令後，知道趙王受人愚弄，心想：「郭開是趙王的寵臣，若回到邯鄲也沒有申辯的餘地。」於是他就逃亡了。趙王遷派大將趙蔥接替李牧，以副將顏聚取代司馬尚。趙蔥和顏聚知道李牧逃亡，就派人四出搜索，把李牧捉回來，得到趙王的命令，把他殺了。

李牧被害之後，軍心不服，一夜之間，士卒逃了一大半。趙蔥、顏聚兩人慌了，下了一道命令，逃兵殺無赦，但沒有效果。王翦知道李牧一死，如釋重負，立即傳令攻狼孟一地。趙蔥領兵救狼孟。王翦早就算好趙蔥會來援救狼孟，因此在趙軍必經的山谷中，預備伏兵。當趙蔥領兵經過時，山谷伏兵齊起，趙軍被圍，無法衝出，趙蔥死於亂軍之中。狼孟、井陘相繼落於秦軍之手。顏聚得知趙蔥陣亡，大吃一驚，下令全軍撤回邯鄲，保存實力。王翦與楊端和跟在趙軍後頭，窮追不捨。一時之間，邯鄲城被圍得像鐵桶一樣，密不透風。

趙王遷被困在城內，如熱鍋上的螞蟻，百思無計，只好和郭開商量，準備向鄰國求救。郭開說：「秦王大軍就像翻江倒海，壓倒趙國國境，燕、魏這些國家，連自己都保不住，他們怎麼會來救你呢？」趙王遷說：「事到如今，你能想出一個挽救趙國的辦法嗎？」郭開乾脆地說：「事到如今，只有向秦國投降了。投降以後，或者還不失封侯之位，如繼續抵抗，城被攻破，你連性命都保不住了。」當時趙公子嘉和守城大將顏聚反對投降，趙王也就暫時不談。郭開又勸趙王遷，說：「你不能再聽公子嘉這一夥人的話了，你到城樓上看看秦國大將的氣派，這小小的邯鄲城，還能維持幾天？你如果再不爲自己打算打算，就後悔不及了。」趙王遷露出一副欲哭無淚的臉，凝望著郭開，說：「你要我投降秦王，可是投降以後，他如殺我，我往哪兒逃呢？」郭開自信地說：「不會不會，韓王安被俘虜了，還不算投降，秦王都沒有加害他，何況你是自動開城投降，秦王更不會殺你了。我勸你把和氏璧和邯鄲地圖獻給秦王，秦王一高興，說不定封你一個侯，那不是一樣過著榮華富貴的日子嗎？」趙王遷心動了，就和郭開商量獻城的辦法。

郭開知道兵權抓在顏聚的手中，趙國的貴族宗室都支持公子嘉，堅決抗戰到底，誓死不屈。如果公開把投降政策提到朝堂和貴族大臣們商量，那是行不通的。郭開就偷偷摸摸帶著趙王遷，藉口巡城，趁著公子嘉和顏聚在北門點名時，從西門逃出，到秦營投降了。公子嘉接報之後，大爲震驚，就連忙帶著幾百名宗族和親兵，衝出重圍，逃到代地，被擁立爲代王。邯鄲的守軍這時已軍心渙散了。顏聚在戰中又受了重傷，被秦軍捉住，秦軍衝進邯鄲城。秦王政下令，把趙國國土納入秦國版圖，建立鉅鹿郡，把趙王遷發往房陵（湖北省房縣），趙國滅亡，時在西元前二二八年（始皇十九年）。

當時燕國很弱小，燕王的太子名丹，他幼年在趙國當人質，那時嬴政也在趙國。童年無忌，兩人結交爲伴，好像是患難兄弟一般。等到嬴政回秦國，就由太子一直爬到國君的寶座；偏偏太子丹又被燕王喜送到秦國當人質。這時候，秦王政掌握大權，儼然有統一天下的理想，愈來愈看不起太子丹，太子丹的心裡很難過，他看到秦王政野心勃勃，雖然韓王安稱臣歸藩，仍然免不了被秦王政滅亡，如果趙國再被秦軍攻破，燕國就更危險了，爲了祖國安危，他三番兩次向秦王政請求歸國，秦王政對太子丹狂傲地說：「烏鴉的頭變白，馬頭長角，就送你回去。」太子丹一聽，仰天長嘆，悲憤填膺。後來他化裝逃出咸陽，回燕國去了。

太子丹回到燕國，眼見六國即將被秦國各個擊破而走向滅亡之途，同時秦國大軍已經逼近燕國境內的易水，太子丹便向太傅鞠武求教：「燕秦勢不兩立，早晚秦國非來攻燕不可，希望太傅能及早策畫抗秦的方法。」鞠武說：「秦國土地遍天下，人口衆多，兵力充足。現在已在使用武力威脅韓、趙、魏三國，而燕國易水以北的地帶也已動搖。秦國有如怒龍，你爲什麼因爲受過他的凌辱，而要去倒刮龍鱗呢？」太子丹迫切地問：「那該怎麼辦呢？」鞠武答：「太子請先稍安勿躁，我們必須從長計議。」不久，鞠武又來見太子丹，說：「我再三考慮，實在想不出對付秦國的辦法。但是我認識一個人，太子不妨請他來商量。」太子丹問：「那人是誰？」鞠武答：「他名叫田光，是我們燕國一位隱居的高人，爲人智深，勇敢沈著，忠肝義膽。我想他一定可以替太子分憂。」太子丹說：「那就麻煩太傅安排，我希望立刻見到田光先生。」鞠武說：「好。」鞠武去拜訪田光，說：「太子希望能和田先生見面，好當面請教有關國家大事。」田光露出驚異之情，說：「哦！好吧，那就請太傅替我引見。」田光見太子丹時，太子丹跪地迎接，側著身子，倒退行走，替田光引路，進入室內，太子丹跪著用自己的衣袖拂拭座席，請田光上座。太子丹屏退左右，離席起立，向田光鄭重地說：「燕秦不兩立，秦軍逼近易水，久仰先生爲當代人傑，敢請先生不吝賜教。」田光說：「臣聽說良馬盛壯的時候，一日可奔馳千里，等到牠衰老了，駑馬跑得都比牠快。太子只知臣盛壯之時的作爲，今日臣年老體衰，不足以圖國事。但是臣願推舉一人，此人姓荊名軻，祖籍是齊國，後來遷居衛國，曾遊燕、趙，現在正在燕都。他有一手好劍術，可惜無人賞識。他愛喝酒，每天和他的好友高漸離借酒澆愁，酒醉狂歌，其實荊軻胸懷大志，太子如用荊軻，臣相信他能為太子效死。」太子丹說：「我深願結交這位朋友，請先生為我轉達。」田光告別，太子丹送到門口，很認眞地說：「田先生，今日所談之事，關係國家存亡，請先生不要走漏風聲。」田光勉強一笑，低頭說：「太子放心。」

田光到了荊軻的草廬，拉著荊軻的手，說：「你我相交已久，燕國的人沒有不知道我們是肝膽相照的至友。太子找我面談大事時，我已經在他面前推薦了你。希望你能到宮中和他見面。他是一位忠心謀國的王儲，為人虛懷若谷，禮賢下士，你們一定談得來的。」荊軻說：「你既然推薦我，那我就去。」田光點頭，一時默默不語，突然語氣堅定地說：「從古到今，高風亮節的人，他的行為從不會被人懷疑。太子在送我出宮時，要求我不要走漏風聲，以免誤了國家大事。他這樣說，可見他不信任我。我為了表明心跡，請你告訴太子，就說我已經死了，沒有嘴巴洩漏祕密了，他可以放心。」說完，伏劍自殺。

那時，秦國大將桓齮（《史記》上稱樊於期）自從被趙國大將李牧打敗之後，就逃到燕國受庇護。太子丹收容了他，安置在賓館中。鞠武對太子丹說：「太子收容樊於期，實在不妥當。秦王政如此橫暴，又對燕國積怨很深，何況你又收容他的叛將。這樣激怒他，不就像把燕國當作一塊肉放在餓虎經常往來的路上嗎？我看大禍即將來臨，雖有管仲和晏嬰的才能，恐怕也無法挽救燕國的危亡了。」太子丹說：「這種情勢我瞭解，只是樊將軍走投無路，前來投我，我總不能因爲強秦的壓迫，就不顧這位可憐朋友的死活。太傅，你看我該怎麼做才好。」鞠武說：「先把樊將軍遣送到匈奴去，也好滅口。然後進行整體外交，南面聯合楚國，東面和齊國訂約，西面和韓、趙、魏結盟，北面和匈奴結交，各國聯合，一致抗秦，才能有所作爲。」太子丹說：「太傅的計畫雖然周全，但不是短時期所能辦到，而且做起來也不容易。如今我心緒如麻，實在無法從事這種長程計畫。送樊將軍到匈奴去滅口，我辦不到。還請太傅另想辦法。」鞠武心想：「太子心浮氣躁，不能深謀遠慮，只是心地忠厚，熱心有餘，氣魄不足。」就不談什麼，默然告退。

荊軻去見太子丹，告訴他田光自刎而死。太子丹一聽，跪地再拜，淚眼汪汪，說：「我所以請田先生不要走漏風聲，完全是爲了成就國家大事，現在田先生以自殺來表明他的心跡，實在出人意料之外，我哪裡會想到這一層啊！」一面說，一面哭個不停。荊軻說：「事已過去，太子不必難過。我是田先生的好友，他推薦我來，請太子吩咐，我能有何效命之處。」太子丹擦乾淚水，說：「田先生知道我是無德無能的人，但還是安排先生和我見面，使我有機會接受先生的指教，這是我的幸運，也是燕國的福氣，區區此心，請先生洞察。」荊軻默默不語，太子丹的情緒愈來愈激動，繼續說：「如今秦國強盛，軍力雄厚，秦王貪得無厭，早有兼併六國、統一天下的野心；如果不能占盡天下的土地，征服所有的諸侯，他是絕不罷手。現在秦國已經打垮了韓國，俘虜了韓王，占領韓國所有的領土。又興兵南進，攻打楚國，北上進犯趙國。秦將王翦率領十萬大軍，進逼漳、鄴兩地；李信出兵太原和雲中，趙國抵擋不住，必定投降；趙國一旦瓦解，秦軍的下一個目標則是燕國。想我燕國本來弱小，連年兵禍，國力耗損殆盡，一旦強敵臨境，即使全國動員，也難挽救危亡。太傅鞠武早先曾有聯合各國協力抗秦的見識，無奈時機緊迫，這種聯合抗秦的策略已是緩不濟急了。」荊軻問：「太子可有良策？」太子丹答：「我考慮很久，既然我們無力去和秦國硬拚，只好對秦王個人直接下手，拔掉這個禍根，以求徹底解決。」荊軻說：「太子的意思是要刺殺秦王？」太子丹點頭說：「是的。不過不一定要置他於死地。」荊軻一時困惑，急著問：「不殺他，又應如何？荊軻願聞其詳。」太子丹說：「如果我們能有一位智勇雙全的壯士，帶著重金厚禮前往秦國，求見秦王，秦王在重利的誘惑下，定會接見他。那時他就可用暗藏的利刃劫持秦王，要求他退還侵占各國的土地，就像當年魯國名將曹沫脅迫齊桓公一樣，那是最好不過了。如果秦王不願就範，就讓他血濺五步，當場斃命，那時秦國大將率軍在外，國君突然橫死，秦國上下必然相互疑忌，勢必一片混亂，我們乘機聯合各國諸侯，一致出兵攻秦，秦國必破，我們的目的就會達到。這是我的計畫大綱，還請先生指教，更希望先生大力支持，負責這個計畫的執行，我即使一死，也會在地下感謝你的大恩。」荊軻聽了，沈思了老半天，說：「這是關係國家存亡和各國諸侯命運的大事，我荊軻無能，恐怕不能擔當此一重任。」太子丹立即跪在地上，誠懇地要求說：「先生是天下知名豪傑，請看在天下蒼生的分上，千萬不要推辭。」荊軻只好答應了。太子丹高興地再三叩謝。

太子丹拜荊軻為上卿，設上等賓館款待，每天供奉牛羊美酒，出門以車馬代步，並有成群美女侍奉，荊軻要什麼有什麼，太子丹從不違反他的意思。轉眼間，秦國大將王翦攻入趙國邯鄲，趙王遷投降，秦軍已逼近燕國邊境。太子丹恐慌，向荊軻說：「秦軍早晚將會渡過易水，攻入我國，那時雖然想長久地伺候先生，恐怕不能了。」荊軻說：「太子不提起，我也會想到。但我之所以遲遲不行，是因為我在考慮一個問題，一時之間，還無法解決。」太子丹問：「請先生明示。」荊軻說：「燕秦不兩立，此次出使秦國，若沒有足以使秦王動心的信物，他不會輕易接見我的。我們初見時，太子提到我只要攜帶重金厚禮，就可求見秦王。我想這個辦法不可靠。秦王固然貪利，但他身爲強秦的君主，傲視諸侯，自信即將消滅六國，兼併天下，他可以說是富有四海，有什麼珠寶財物能打動他的心呢？」太子丹說：「先生說得很對。但不知先生可有長策，解決這個難題？」荊軻說：「方法是有，只是不知太子能不能同意。」太子丹說：「只要我能辦到，無不從命。」荊軻說：「我到秦國，只要獻上兩件東西，秦王會欣然接見我。」太子丹問：「不知是哪兩件東西？」荊軻肯定地答：「第一件是燕國督亢一地的地圖，第二件是樊於期將軍的人頭。督亢是燕國最肥美的地區，是燕國農產豐富的地帶，也是燕國的命脈所在，獻上此地圖，等於是將燕國送給秦國，秦王怎能不動心？樊於期將軍是秦國的叛將，秦王恨他入骨，曾懸賞千兩黃金和萬戶封邑捉拿將軍，如果獻上樊將軍的頭，秦王就能一洩心頭之恨，當然很樂意接見獻人頭的使者了。」太子丹面有難色地說：「督亢地圖雖是極重要的東西，但爲了成就大事，我願意獻出。只是樊於期將軍，他在走投無路的時候才逃到燕國，我怎能爲了自己國家的事，趁人之危，將他殺害。何況我在秦國當人質的時候，我們常有來往，堪稱知己，我又怎麼忍心爲了達到自己的目的而致人於死呢？請先生另作計議。」

荊軻不想多說，私自去見樊於期，直接問他：「秦國對待將軍窮兇極惡，殘酷無比，他們殺了你的父母妻子，連你的族人也慘遭毒手。現在懸賞黃金千兩和封邑萬戶來捉拿將軍。在此情形下，不知你有什麼打算？」樊於期一聽，仰天長嘆，淚流滿面，說：「於期每次想到這件事，總是悲痛入骨，無奈想不出報仇雪恨的方法。」荊軻說：「現在我有一計，可報將軍的大仇，也可解決燕國的危機，不知將軍以爲如何？」樊於期問：「不知先生有何良計？」荊軻侃侃而談：「如果將軍願意犧牲，將你的人頭給我，前往秦國獻給秦王，他一定會接見我，那時我就可以抽出暗藏的利器將他當場刺殺。這樣，將軍的仇報了，燕國的危機也解決了，將軍你願意這樣做嗎？」樊於期握緊兩手，走向前，說：「於期日夜切齒痛心的，就是如何報仇，現在承蒙先生指教，使於期的大仇獲報，又何必在乎自己的生死。」說完，拔劍自刎而死。荊軻提了樊於期的人頭，往報太子丹。太子丹急忙奔向樊於期的住處，伏屍痛哭，下令厚葬樊於期，把他的人頭裝在木匣內封好，以備荊軻應用。

太子丹依荊軻的建議，徵求天下最鋒利的匕首。最後在趙國鍛劍名家徐夫人那裡，找到一支匕首，鋒利無比，用百兩黃金收買後，再聘請用毒高手以毒藥煉劍，拿來試人，果然見血封喉。太子丹對荊軻不放心，另外徵求燕國勇士，名叫秦舞陽，派他為出使秦國的副使，協助荊軻刺殺秦王。

一切準備工作已停當，但荊軻卻沒有起程的樣子。太子丹等不及了，對荊軻說：「目前的情勢相當緊急，先生卻沒有西行的意思，我是不是可以先派秦舞陽上路呢？」荊軻聽了，冷靜地說：「今天去了，如果草率行動而一去不返，怎能算是謀而後動的大丈夫。太子想想，憑我荊軻一人，手提一根匕首，深入不測的強秦，難道不該謹慎嗎？我之所以遲遲不行，為的是要等一個人，只要此人和我同行，我們的行動會有更大的勝算。現在太子既然等得不耐煩，我明天上路就是。」

第二天一大早，荊軻和秦舞陽準備上路，太子丹率領賓客，穿了白色衣服，在易水旁送荊軻，擺下了酒宴餞行。荊軻的好友高漸離帶著樂器筑，也趕到易水，荊軻唱歌，高漸離擊筑附和，一面唱歌一面喝酒。荊軻唱：「風蕭蕭兮易水寒；壯士一去兮不復還。」聲聲淒楚、哀怨，聽到的人都流下淚來。忽然間，歌聲轉為高亢，雄壯激昂，聽到的人都熱血沸騰，根根頭髮直立起來。荊軻推開酒杯，站起身來，和秦舞陽跳上座車，連頭也不回一下，快速奔馳而去。

荊軻到了咸陽，先以千金厚禮買通了秦王政的寵臣蒙嘉。蒙嘉對秦王說：「燕王害怕大王的天威和秦國強大的兵力，不敢起兵抵抗秦軍，情願全國臣服大王，就像郡縣一樣納貢效役於秦國，以便奉守他們祖先的廟宇和社稷。但是燕王自己不敢前來陳說，派一使者荊軻，帶了叛將樊於期的人頭和燕國督亢地圖，前來晉見大王，只有大王的命令，他才聽從。」秦王聽了，同意親自接見。

那一天，荊軻捧著樊於期人頭的木匣，秦舞陽捧著裝著地圖的錦匣，一前一後，走向御階。秦舞陽雙手發抖，臉色變白，秦國朝堂上的群臣看見秦舞陽的神態，都很驚異。荊軻回頭向秦舞陽微微一笑，然後向秦王謝罪說：「北方野蠻的人，沒有見過天子，心生恐懼，請大王寬容，讓他在大王面前完成進獻的使命。」秦王政對荊軻說：「你把他手中的匣子拿過來，打開看看。」荊軻答：「是。」就放下自己捧著的木匣，轉身從秦舞陽手中接過地圖匣子，打開匣子，取出地圖，慢慢展開，讓秦王政欣賞。地圖漸到盡頭，露出一把鋒利的匕首，秦王政大驚。荊軻迅速拿匕首，一個箭步躥到秦王面前，左手抓住他的長袖，右手上的匕首指向他胸前，正要刺入心臟的時候，秦王政機警地掙斷衣袖，轉身就跑，荊軻追了過去。朝堂上的文武大臣嚇得面無人色，一片慌亂。更糟糕的是，秦國法令規定，文武百官不能帶武器上殿，殿下雖然有執戈的侍衛，保護朝廷，但沒有君主的命令不能擅自上殿。秦王政一時也慌了，來不及召兵，自己佩帶的長劍竟然拔不出鞘。秦王政不知道要往哪邊跑，就繞著殿上的大銅柱逃命。荊軻和秦王政兩人在柱下轉來轉去，好像捉迷藏一樣。

正在千鈞一髮之際，御醫夏無且用隨身攜帶的藥囊擲向荊軻，荊軻連忙躲避，秦王政抓到機會拔出長劍，迅速砍斷荊軻的左大腿，荊軻倒地，隨手將匕首擲向秦王政，秦王政一閃，匕首射入銅柱中。秦王政連連砍出八刀，荊軻倒在血泊中，喘著一絲氣息，說：「我之所以沒有殺你，是想劫持你，逼你退還侵占諸侯的土地，好完成燕太子的心願。要不然，你早就血濺五步，當場死於非命。」荊軻的話說完，就被秦王政左右殺死，秦舞陽也被殺。秦王政大難不死，心有餘悸，休息了好多天才恢復精神。賞賜夏無且黃金三百鎰。

秦王政憤恨難消，命大將王翦、副將王賁，率領大軍，攻入燕國，限期破城。太子丹知道事情失敗，親領燕軍，在易水布下陣地，等待秦軍。燕軍雖以逸待勞，但因荊軻事件，士氣喪失，禁不起秦軍的衝擊，易水失守。轉眼間，秦軍攻到燕都薊城，把薊城圍得水泄不通。燕王喜責備太子丹，說：「都是你惹的禍，眼看國破家亡，都城不保，你說怎麼辦？如果當初你不派刺客去刺殺秦王，我們何至於落到這般地步？」太子丹說：「韓、趙並沒有派刺客去行刺，秦國何以也撲滅他們？我燕國還有遼東一大片土地可以退守，還有兩萬多的精銳軍隊可以作戰。我父子應該突出重圍，前往遼東，再圖復興大業，還不算晚。」燕王喜說：「事到如今，也祇有如此了。」就和太子丹衝出城去，退保遼東。王翦大軍占領薊城。消息傳到咸陽，秦王政另派大將李信率領精兵，追擊燕王父子。

燕王喜見眼秦軍步步進逼，向代王嘉求援。代王嘉回信說：「秦軍所以窮追不捨，是懷恨太子丹行刺。如果你能殺掉兒子，把人頭獻給秦王，秦軍必撤退，燕國也可保全。」燕王喜一時猶豫不決。太子丹心想：「父親優柔寡斷，軟弱無能，說不定他會眞的把我殺了。」於是就和賓客們商量，不如逃到衍水（遼陽縣北太子河）躲藏起來。燕王喜知道兒子逃走，又怕又恨，就命人把他誘騙回來，設計殺害，將太子丹的人頭送到李信那兒，寫書謝罪，李信因而退兵。西元前二二二年（始皇二十五年），秦王政命王賁再進攻遼東，燕王喜被俘，燕國滅亡。轉回來攻打代，代王嘉被俘，代國滅亡。

當燕王喜逃往遼東時，秦王政本想趕盡殺絕，不願意李信退兵。但是尉繚說：「燕國逃到遼，趙公子嘉逃到代，都是游魂而已，不久自滅。我們目前最大的敵人是魏、楚。先攻魏，再打楚。魏、楚一旦滅亡，燕、代不必打就解決了。」秦王政依計而行，下詔李信班師，另派大將王賁率十萬大軍，攻打魏國。魏王假整天提心吊膽，把魏都大梁築成一個強固的陣地，並準備和齊國聯盟，協力抵抗秦國。沒想到，秦國已在齊國收買了內奸后勝，他是齊王建的寵臣，從中破壞齊楚的聯合，魏王假的聯盟計畫終告失敗。

秦軍緊緊圍住大梁。但是大梁城防堅固，秦軍一時打不下來。王賁急得暴跳如雷。在四五月的黃梅天氣裡，一連下了多天的雨，低窪的村落全浸入水中。王賁就坐油布蒙著的座車，在雨中巡視，他靈機一動：「我可以用水來破城。」他下令掘水渠，把黃河和汴河的水引到大梁。秦軍冒雨掘渠，王賁親自督工。魏王假知道秦軍在大雨中掘地，以爲是向城裡掘地道。溝渠掘好了，王賁將黃河和汴河的河堤決開，大水奔騰，沖向大梁城。魏王假親自督率軍民，把城牆加高加厚，勉強守了三個月。西城泥土已漸鬆懈，塌了一片城牆，水灌進來了。缺口愈沖愈大，秦軍乘勢湧入城中。魏王假已經束手無策，只好向秦國投降，魏國滅亡，時在西元前二二五年（始皇二十二年）。

魏國一亡，放眼天下，只有齊、楚是心頭大患。秦王政決定先將較強的楚滅亡。當時，老將王翦主張用重兵，至少要六十萬人，才能一鼓而下。李信認爲只要二十萬人，就可以捉楚王來歸。秦王政接受李信的意見，命李信、蒙武征伐楚國，兵分兩路。李信領一路兵攻平輿（河南省汝南縣東南），蒙武領一路兵取寢丘（河南省沈丘縣東南），兩軍約在城父會師。楚王負芻命大將項燕（項羽的祖父）率精兵迎敵。

項燕深通戰略，他避免正面迎敵，暫時不去援助平輿和寢丘，卻以強勁的部隊攻入已被秦國占領的鄢郢。李信聽說鄢郢有事，不得不移兵往救。遠水救不了近火，鄢郢已被項燕拿下了。鄢郢的楚人重歸祖國懷抱，士氣民氣都相當激昂。李信的軍隊被殺得大敗而逃，楚軍乘勝追擊，攻破了秦軍兩個堡壘，收復了李信、蒙武所奪的土地。

秦王政心中非常氣惱，只好去請王翦出來帶兵。王翦說：「臣老了！不中用了！這幾年來又多病，還是讓年輕人去打吧！」秦王政請了好幾次，王翦推辭了好幾次。後來王翦不得不說：「如果要我去楚國，非得六十萬大軍不可。」秦王政問：「爲什麼要這麼多呢？」王翦說：「楚國在東南有廣大土地，號令一出，百萬之衆立即可以集合起來。而且現在作戰和過去不同。以前是用車戰，雙方有整齊的陣勢，交戰之後，誰的陣勢亂了，誰就輸了。在一天兩天之內，勝負即見分曉。現在的戰術是步騎兵的野戰方式，逢人便殺，遇地就攻，殺人頭經常是上萬的，圍城經常是好幾年的事，老百姓的名字都有戶籍，要徵用時，拿過名冊來，按名點兵。在這樣的情況下，我用六十萬秦軍攻楚國數千里的土地，還算多嗎？」秦王政讚美地說：「王將軍眞是知兵的大將，我照數撥六十萬大軍給你。」

王翦接受命令，率軍出發。秦王政親自到灞上（陝西省臨潼縣灞橋）送行。王翦故意對秦王政說：「臣老了！這次征楚回來，希望大王多給我美好的田宅，好讓我終養晚年。」秦王政說：「將軍功成歸國，榮華富貴和我共享，還怕沒有美好的田宅嗎？」王翦心酸地說：「臣衰朽殘年，就像風前的燭火，瓦上的落霜，不知道能活幾天。我要親眼看王多多賜給我田園房宅，我才安心。將來我的孩子受到大王的恩惠，我王翦世世代代，也不會忘記你的恩德。」秦王政大笑，就賞賜了很多的美好田宅。

王翦兵出函谷關，又上奏章，希望大王再多給他一些田地房屋，有人認爲王翦貪得無厭。王翦聽了之後，就對親信說：「我難道是這樣貪心的人嗎？只因爲秦王政性情強厲，生性多疑。他調撥六十萬大軍給我，等於把國家的重任託付給我了，難免對我猜忌。我一再向他要求田宅，他知道我沒有大志，就不會對我疑心了。」楚將知道王翦領六十萬大軍開出函谷關，直逼楚境，也不敢怠慢，就布下了堅強的陣地，準備迎擊。偏偏王翦陣營下寨，築了堅壁堡壘，只是固守，不和楚軍作戰。每天訓練士兵作運動。楚軍屢次向秦軍挑戰，秦軍連理都不理，關門不出，楚軍的鬥志漸漸消沈，日子久了，楚軍有一部分的軍隊調回東邊去了。

有一天，王翦犒賞將士，殺豬宰羊，開懷暢飲，大家正在吃得津津有味的時候，忽然間，王翦站起身來，慷慨激昂地說：「各位將士！我們秦國一向有戰必勝，沒有打過敗仗。可是我們的土地南郡（鄢郢）被楚國奪去了！我們七個都尉陣亡了！這是我們秦軍將士的奇恥大辱！我們的土地必須拿回來，不能讓敵人侵占，我今天和各位約定，在三更半夜的時候，我們同心破楚，我們要奮勇當先，殺敵致果，一個殺十個，一定要奪回我們的南郡，獲得空前的大勝利，要不然，我們絕不收兵！」全體將士連聲歡呼：「不勝利絕不收兵。」

計畫已定，王翦挑選了兩萬精銳，稱爲壯士軍，擔任正面衝鋒。另派左右兩翼掩護軍。一聲令下，秦軍如排山倒海，衝向楚營。楚軍疏於防範，措手不及，項燕眼看遭遇如此慘敗，仰天長嘆，拔劍自殺。王翦一路攻到楚都壽春（安徽省壽縣），活捉楚王負芻，楚國滅亡，時在西元前二二三年（始皇二十四年）。

秦王政滅了韓、趙、魏、楚、燕五國之後，這五國的貴族和富人都帶著他們的財貨到齊國避難。一時之間，齊國的市場大爲繁榮。齊國王室卻陶醉在這種小康的局面，一談起秦滅五國，沒有人不恐懼的。王賁滅了燕、代之後，就奉命攻打齊國，齊國一向疏於防範，王賁大軍已到齊都臨淄。相國后勝本是內奸，便勸齊王建投降。齊王建眞的寫了降書，準備到秦營納款，走到宮門外，雍門司馬攔住他說：「請問大王，做國君的是爲自己，還是爲國家？」齊王建答：「自然是爲了國家。」司馬說：「既是爲國家，大王爲什麼拋棄自己的國家到秦營去呢？」齊王建滿臉通紅，折回宮中。雍門司馬跟著入宮，對齊王建說：「大王不妨遷都，臨淄以南和以東，還有一大片土地，而淄博山區、沂蒙山區，地利上也足夠抵抗敵人的進攻，復興齊國，並不是不可能的。」墨大夫也說：「韓、趙、魏的文武官員逃來齊國的不少，把我們這些友邦的力量集合起來，將齊國的兵撥一部分給他們，讓他們收復韓、趙、魏的失地。楚國的文臣武將逃來齊國的也很多，我們再分一部分的兵給他們，也讓他們收復失土。韓、趙、魏、楚的大臣不願亡國，我們幫助他們作戰，同時也保全了齊國。」齊王建認爲雍門司馬和墨大夫的見識不切實際，就採納后勝的主張，向秦國投降了。齊國滅亡，天下統一，時在西元前二二一年（始皇二十六年）。

秦王政統一天下後，不再稱王，改稱始皇帝。這時，燕太子丹的賓客和荊軻的好友四散逃亡。荊軻的好友高漸離改名換姓，隱藏在一家酒館當酒保，客人很喜歡聽他擊筑，他也會對客人擊筑的技巧略作評論。老闆知道以後，想試試他的才藝，便叫高漸離當著幾位懂筑音的客人面前擊筑，以娛樂賓客。高漸離擊了一個短調，滿座叫好，主人賞他一碗酒喝。高漸離心想：「這樣躲躲藏藏何時了，與其低三下四地侍奉人，不如恢復過去的身分，也許還能碰上機會，爲荊軻報仇。」他把自己祕藏已久的筑從木匣中取出，換上從前穿過的好衣服，恢復昔日的神采，慢慢走上客廳，滿屋客人一見之下，大爲吃驚。請教之後，才知道他就是名滿燕國的擊筑高手高漸離。客人搶著對他噓寒問暖，請他上座，高漸離成了這家酒館的上賓。每當高漸離在席上擊筑的時候，座上的客人聽到那蒼涼悲哀的韻味，沒有不掉下幾滴淚珠的，高漸離的名氣愈來愈大，傳到秦始皇的耳朵。秦始皇愛好音樂，很想聽聽高漸離的擊筑。臣下有人知道高漸離是荊軻的好友，被列在通緝犯的名單上，就去告訴秦始皇，秦始皇聽了，顯出寬宏大量的樣子，笑著說：「那也沒關係，朕下旨特赦他。」

命令一下，高漸離奉召到了咸陽。秦始皇派人挖掉他的眼珠。可憐的高漸離左手抱筑，右手執竹，由王宮侍衛扶著，一步一步走上殿階，秦始皇心中充滿喜悅地召見他。高漸離一擊筑，蒼涼悲哀，扣人心弦，秦始皇讚美不已。一天兩天，秦始皇就讓高漸離接近他。高漸離暗中在筑中裝進一塊沈重的鉛塊。這一天，他靠近秦始皇的身邊，突然舉筑撲向他，一擊未中，高漸離被侍衛抓了，立即被殺。

三、定於一尊

天下統一，秦王政召集群臣開會，他提出試探說：「古代的五帝禪讓天下給賢良的人，三王卻把天下傳給自己的兒孫，究竟哪一方才是對的呢？你們說說看，好讓我參考。」出席會議的大臣面面相覷，不知道如何回答。其中有一位自告奮勇的臣子鮑白令之說：「以天下爲公者讓位給賢人；把天下視作私人的產業者傳位給自己的兒子。所以五帝是以天下爲公，三王是把天下視爲自己的產業。」秦王政一聽，抑住自己心中的不滿，故意仰天長嘆，說：「論我的德行，自信超過五帝，我當然要以天下爲公才對。但是誰能做我的接班人，代替我做國君呢？」鮑白令之義正辭嚴地說：「你所走的是夏桀和商紂的路，卻想模仿五帝禪讓天下，恐怕不是你所能辦到的。」秦王政一聽，無法抑住激動的情緒，勃然大怒，說：「你好大的膽子，竟敢如此胡言亂語，說我走的是夏桀和商紂的路子，你快給我說出個道理來，否則，你就死！」鮑白令之不慌不忙地說：「大王大興土木，修築宮殿，搜求天下美女，充作宮廷侍姬，開鑿驪山爲自己預作陵寢。一切的行爲，沒有不是爲了自己的生前和死後打算的。耗用天下的財富和人力，來供應自己的享樂。這樣的君主如何能上比五帝，以天下爲公，傳位給賢人呢？」秦王政一聽，面有慚色，心想：「我不能在大臣面前獻醜，我要讓天下人讚美我，我要做得比五帝更好。」過了一會兒，勉強笑著說道：「令之的話，簡直是醜化我的形象嘛！算了，今天我們不談這個問題了。」

事過不久，秦王政下一道命令，說：「從前韓王獻納土地給秦，願作屏藩的臣子，不久背叛盟約，和趙、魏聯合攻秦，所以才興兵滅韓，俘虜韓王。寡人認爲這樣也就算了，不想再興兵打仗。趙王派李牧來約盟和好，所以就歸還他們的人質。不久竟背叛盟約，反攻我國的太原，所以興兵滅趙，抓了趙王。哪知趙公子嘉又自立爲代王，所以派軍隊把他滅了。魏王本來和秦有盟約和好，不久和韓、趙陰謀攻打秦，秦兵就把魏滅了。楚王獻青陽以西的土地給秦，不久背叛盟約，打擊我國的南郡，所以發兵滅楚，抓了楚王，平定楚地。燕王昏庸淫亂，他的太子丹陰謀命令荊軻來刺寡人，所以就派兵討伐他，滅了燕國。齊王用后勝的計策，斷絕秦國的使者，想要作亂，所以派兵討伐他們，俘虜齊王，平定齊地。寡人一生派兵剷除天下的暴亂，依賴祖先的英靈，六國君主都服服貼貼的，天下大定。現在名號不改，不能配合成功的事業，傳給後代的人知道啊！趕快討論出一個帝號吧！」王綰、馮劫和李斯等三位重臣提出建議：「從前五帝，地方千里，領域之外的各路諸侯有的順服，有的不順服，有的朝貢，有的不朝貢，天子不能做硬性的規定，強制執行。現在陛下發動正義之師，殺殘暴的賊子，平定天下，海內都是郡縣，法令出自一人，是上古以來不曾見過的，也是五帝所不能比的。臣等和各位博士官認為古代有天皇、地皇、泰皇，其中以泰皇最尊貴。所以臣等敬上尊號，王就稱為『泰皇』，命就稱為『制』，令就稱為『詔』，天子自稱為『朕』。」秦王政批示說：「去掉『泰』，保留『皇』，採用上古『帝』位號，號就稱『皇帝』。其他就依照你們的建議。」

秦王政又想廢除諡法。諡法是前一代君主死了，下一代君主依前一代君主的行為事功，給他上一個具有紀念和表彰的稱號。秦王政說：「朕聽說上古的君臣有號，但無諡。到了晚近，有號又有諡。這種情形，簡直是兒子評論老子，臣子評論君主，實在不恰當，朕不贊成這種說法。從今以後，廢除諡法，朕千秋萬年以後，人人要尊朕為『始皇帝』，以後的繼承人以代數來算，二世、三世……以至千萬世，傳到無窮。」這就是「秦始皇」一名的由來。

秦始皇為了展示他至高無上的權威，創造了「避諱」制度。不准臣下和民間在語言和文字上提到他的名字。秦始皇的名字叫「政」，政和「正」是同音的，所以他就把每年的第一月正月改爲端月，正字不能用了。規定臣下的奏章和民間的書寫文字，寫到皇帝或始皇帝的時候，必須寫在另一行的頂格。這種公文格式一直被歷代皇帝所沿用。秦始皇把皇帝用的印章，稱爲「璽」，必須用玉刻。皇帝以下的各級官員所用的印章，只能用金鑄，或銅鑄，或石刻，絕不能用玉刻。他又參考六國的禮儀，制定了「尊君抑臣」的朝儀，制定皇帝的冠服和百官的輿服。

秦代的中央機關，以三公九卿爲首腦，三公就是丞相、太尉和御史大夫。丞相是輔佐皇帝的助手，協助皇帝處理全國的政事。丞相這個職位，在戰國時代就有了，如韓、趙、魏、齊等國都有，那時候稱作相國。秦國在武王二年設立丞相一職，這是模仿韓、趙、魏三國的制度。丞相有左丞相和右丞相之分，象徵皇帝的左右手。

太尉是武官，協助皇帝處理軍事政令。秦國本來的軍事最高長官，稱爲大良造。到了昭襄王時，又學習韓、趙、魏三國的制度，在大良造之下設立國尉一職。後來取消大良造的職位，國尉成了最高的軍事長官。秦始皇統一天下，取消國尉的名稱，改以太尉爲最高軍事長官。

御史大夫是丞相的助手，稱副丞相，並有監察百官的責任。

丞相和太尉，一文一武，都配用金印和紫色的絲帶。御史大夫，地位較其次，配用銀印和青色的絲帶。

九卿一有奉常，管理宗廟禮儀祭典；二有郎中令，管理皇帝的命令傳達和皇帝的警衛事宜；三有衛尉，管理宮門守衛；四有太僕，管理皇帝車馬，是僕從長；五有廷尉，管司法；六有典客，管理外交；七有宗正，管理皇族宗室的事；八有治粟內史管理糧食稅收；九有少府，管理山川大澤稅收和宮中手工業。

博士官也屬於中央級的官吏，他們掌管禮儀教育和圖書典籍，也是皇帝的國策顧問。秦設博士曾達七十人之多。譬如伏生、叔孫通、周青臣和李克等，都是有名的博士官。

秦始皇一統天下後，以丞相王綰為代表的臣子說：「現在諸侯剛消滅，燕、齊、楚之地離秦本土很遠，不在這些遠地設王鎮守，是不可能管理得好的。請大王在各位王子中，選擇賢能的人，分封土地給他們，以利天下。」秦始皇暫時不作任何表示，召集群臣討論。群臣都認為王綰說得有理。偏偏李斯自告奮勇，說：「周朝文王和武王所封的子弟，同姓的很多，但是後來關係疏遠，互相攻擊就像仇人一樣，諸侯互相戰爭不停，周天子不能禁止。現在四海之內，靠著陛下的英明而統一，都成為郡縣一般。各王子和功臣，若用賦稅錢財來賞賜他們，就容易控制，天下就沒有二心，這是安寧的打算啊！分封諸侯是不方便的。」秦始皇一聽，內心大喜，說：「天下之所以戰爭不停，是因爲分封諸侯。朕仰賴祖先在天之靈，使天下初定，如果再分封諸侯，那是播種戰爭的根苗。廷尉說得對。」

李斯所說的郡縣，在春秋初期，秦、晉、楚等大國，往往將兼併的新領土建立爲縣，所以縣在最初都位於國境上，具有國防作用。到了春秋末年，縣的設置已經不限於邊防，內地也設了縣，這時，郡便代替縣的性質，成爲邊境國防的要地。因爲郡也像春秋初期的縣一樣，是初兼併的地方，邊遠地區，人稀地廣，較內地人稠地狹的縣要大多了。戰國時代，邊遠地區逐漸繁榮，人口較春秋時代增加很多，所以郡之下又劃出了縣，變成一郡轄數縣。郡縣兩級制度就是這樣慢慢形成的。戰國時代各國設郡，譬如趙國在打敗林胡、樓煩之後，設雲中郡、雁門郡。譬如楚國在滅了越國之後，在江東設郡。譬如燕國打敗東胡之後，設立漁陽郡、右北平郡、遼東郡和遼西郡。譬如秦國在滅了巴、蜀兩國之後，設立巴郡、蜀郡；在滅義渠時，設隴西郡、北地郡。譬如魏國在與秦交界處設河西上郡。譬如上黨是韓、趙、魏交界，韓、趙兩國都在上黨設郡。譬如河間是趙、魏交界區，趙國設河間郡。譬如三川是韓、秦交界區，韓國設三川郡。

秦始皇統一天下後，在全國設三十六個郡。這三十六個郡幾乎全是兼併取得的。其中有十一郡是秦始皇以前所設的：

上郡——在陝西北部，原來是魏國地，秦惠王十年，魏襄王納上郡十五縣給秦，秦國沿用上郡的名稱不改。

蜀郡——在四川成都平原，原來是蜀國地，秦惠王九年，秦將司馬錯滅蜀設立的。

巴郡——在四川東部，原來是巴國地，秦惠王十一年設。

漢中郡——在陝西南部，原來是楚國地，秦惠王十三年設。

隴西郡——在甘肅南部臨洮一帶，秦昭襄王二十八年設。

北地郡——在甘肅東部慶陽一帶，秦昭襄王時設。

南郡——在湖北，原來是楚國地，秦昭襄王二十九年，秦將白起攻楚，取得當時楚國都城鄢郢，設為南郡。

黔中郡——在湖南西部沅陵一帶，原來是楚國地，秦昭襄王三十年時設。

南陽郡——在河南西南部，原來是韓、楚的交界區，秦昭襄王三十五年設。

三川郡——在河南洛陽一帶，原來是東周天子的王畿，秦昭襄王元年設。因為有伊、洛、黃河等三川而得名。

太原郡——在山西中部，原來是趙國地，秦昭襄王時設。
河東郡——在山西西南部，原來是魏國地，秦昭襄王二十一年設。
上黨郡——在山西東南部長治縣一帶，原來是韓國地，秦昭襄王時設。
秦始皇在位以後，所設的郡有：
東郡——在山東、河北、河南三省交界處，原來是魏國地，始皇五年設。
潁川郡——在河南中部禹縣一帶，原來是韓國地，始皇十七年設。
雲中郡——在綏遠歸綏縣之南，原來是趙國地，始皇十三年設，沿用舊名。
雁門郡——在山西北部大同一帶，原來是趙國地，始皇十九年設，沿用舊名。
邯鄲郡——在河北南部邯鄲縣，原來是趙國的都城邯鄲，始皇滅趙後設。
鉅鹿郡——在河北南部刑台縣一帶，原來是趙國地，始皇滅趙後設。
碭郡——在河南、江蘇、安徽三省交界處，原來是魏國地，始皇二十一年，秦將王賁滅魏後設。
上谷郡——在河北西北部，原來是燕國地，始皇二十一年設，沿用舊名。
漁陽郡——在河北、熱河、察哈爾三省交界處，原來是燕國地，始皇二十一年設。

長沙郡——在湖南東部長沙一帶，原來是楚國地，始皇二十四年設。

九江郡——在安徽中南部和江西北部，原來是吳、楚兩國的交界，滅楚後設。

薛郡——在山東以南濟寧一帶，滅楚後設。

泗水郡——在江蘇、山東的交界處，滅楚後設。

會稽郡——在江蘇、浙江的交界處，原來是楚國地，始皇二十五年設。

代郡——在山西、河北、察哈爾三省交界處，原來是趙國地，始皇二十五年設，沿用舊名。

右北平郡——在河北東北部，原來是燕國地，始皇二十五年設。

遼西郡——在遼寧、熱河交界處，原來是燕國取得的東胡地，始皇二十五年設。

遼東郡——在遼東半島和安東省南部，原來是燕國地，始皇二十五年設。

齊郡——在山東北部，原來是齊國地，始皇二十六年設。

琅邪郡——在山東東部膠州灣一帶，原來是齊國地，始皇二十六年設。

廣陽郡——在河北北平一帶，原來是燕國地，始皇二十三年設。

閩中郡——在福建，原來是越國地，始皇二十五年設。

南海郡——在廣東，原來是百越地，始皇三十三年設。

桂林郡——在廣西，原來是百越地，始皇三十三年設。

象郡——在越南北部，原來是百越地，始皇三十三年設。

郡的最高長官稱爲郡守。郡守之下設郡尉，掌管一郡的軍事。另設監御史監察地方。

郡之下爲縣。縣有縣令、縣長，一萬戶以上的縣稱令，一萬戶以下的縣稱長。縣令或縣長之下設縣丞，助理縣令或縣長處理縣政。另設縣尉，掌管一縣軍事。

縣之下爲鄉。每鄉設三老，掌管教化；設嗇夫，掌管訴訟和稅收；設游徼，掌管地方治安和緝捕盜賊。

鄉之下爲亭。亭設亭長，十亭等於一鄉。

亭之下爲里。里設里正，十里等於一亭。

秦代的政治制度，從中央到郡、縣、鄉、亭、里，層層節制，開創中國統一以來的中央集權組織。

戰國時代，各國的文字形狀不一樣，秦始皇統一天下之後，覺得這些文字用起來很不方便，就採納李斯的建議，廢除六國古文，推行統一的小篆。秦始皇命李斯根據古代的大篆書法，創造出一種筆畫較簡單的字體，稱爲小篆。李斯就用小篆寫了一篇

〈倉頡篇〉，趙高也用小篆寫了〈爰歷篇〉，胡母敬用小篆寫了〈博學篇〉。

李斯不僅是一位政治家，也是一位書法家，善於篆字書法。他的書法優美，秦始皇所遊各處的名山碑銘和玉璽、銅銘等，大都由他親筆書寫。他創製小篆時，說：「上古時代創造了大篆，在世上流行，但因爲現在距離上古太遙遠，以致人多不能詳認了。現在刪去原來繁雜的地方，採取它較合體的，成爲小篆。」他又敘述小篆的筆法，說：「用筆的方法，先急急而回，然後慢慢而下，就像老鷹捉食飛鳥，疾飛而下，出於自然，不能重改。推送筆根就像游魚得水，揮舞筆桿就像山中雲朵密集，有時捲起，有時舒展，一會兒輕，一會兒重，好好深思，就可以得其自然。」

後來，秦始皇又採用另一種文字，稱爲隸書。有人說隸書是王次仲創製的，有人說是程邈創製的。

王次仲，秦代上谷人，年紀輕輕就喜歡接近大自然，淡泊名利，不求官，不求祿，隱居在庸山，優游於山水林谷之中。他對當時的篆文，包括大篆和小篆，覺得寫起來很費時間，學習也很困難，就把篆體改成隸書，省略筆畫，簡化字形，寫起來省時又省力。秦始皇知道以後，認爲隸書有助於官府和軍務的文書處理，很高興，下令徵召王次仲，但王次仲只愛山水不愛名利，始終不肯出山。

程邈，秦代下邽人，當過縣吏，因案牽連被關在雲陽的牢裡。閒來無聊，就在獄中花了十年光陰，研究古代篆書的字形，終於創出一種筆畫簡潔的新字體，共有三千字，奏呈朝廷，秦始皇很歡喜，下令釋放程邈，並任命他爲御史，就是監察百官的職位。因爲朝廷和官府的事務繁多，篆字難寫又費時，就採用程邈的新創字體，作爲處理文書之用。《古今圖書集成》說：「秦始皇得到王次仲的新字體，開心得很，派使者三次去召見他，王次仲辭謝不來朝廷。秦始皇很生氣，就命令程邈修改王次仲的新字體，認爲這種新文字可用在隸人處理文書方面，所以就稱爲隸書了。」

戰國時，各國的車軌不同。趙、魏、齊等國都築有寬闊的公路，這是國與國之間的交通要道，稱爲「午道」。但各國公路的寬度不一，所以各國的車輛在自己國家道路上行走沒問題，可是一出國境，就覺得不方便。秦始皇統一天下以後，命令把全國道路的寬度劃一，稱爲「馳道」。把車軌也統一了，這就是車同軌。馳道是以國都咸陽爲中心，東路可通到齊，南路可通到楚，北路可通到燕。

戰國的貨幣也很複雜。譬如銅幣有刀形的、有布形的、有貝形、有圓形的，無論在比重、質、量和形狀上都不一樣。黃金在戰國時，各國有各國的計算單位，有以斤爲單位的，有以鎰單位的。秦始皇統一貨幣，規定爲兩等，一爲上幣，一爲下幣。黃金爲上幣，以鎰作單位。圓錢爲下幣，以半兩爲單位。像珠、玉、龜、貝、銀、錫等，不能當作貨幣在市面上流通，只能作爲裝飾品和珍藏品。錢幣的鑄造都由官方經營，民間不能私製。

戰國的度、量、衡，不論大小、長短、輕重都不同。譬如秦的量是以升、斗、桶作單位，但齊卻以升、豆、釜、鍾作單位。譬如衡，秦以銖、兩作單位，但魏、楚以寽作單位。秦始皇統一天下，就以秦國的度、量、衡爲準，廢棄六國的度、量、衡。他規定以斗、桶、權、衡、丈、尺等爲單位，讓民間統一遵行。

秦的刑法很重。秦孝公時，商鞅制定刑法，已夠嚴厲了。秦始皇卻是法家的信徒，爲了鞏固自己的政權，使子孫永遠掌握天下，防止人民反抗，便發揚光大商鞅的刑法。例如：在死刑方面有殺頭，稱「梟首」；有攔腰斬斷，稱「腰斬」；有頭頂鑿洞，稱「鑿顚」；有抽去脅骨，稱「抽脅」；有五馬分屍，稱「車裂」；有下油鍋，稱「鑊烹」；又有「棄市」、「剖腹」、「解體」、「絞」等死刑。秦始皇自己又獨創一些死刑，有活埋，稱「阬」；有寸寸的割肉，稱「磔」；有全家處死，稱「族」；有把父、母、妻三族全處死的，稱「夷三族」，同樣有「夷七族」、「夷九族」、「夷十族」等。在肉刑方面，有用鞭子打，稱「笞」；有在臉上刺字，稱「黥」；有割鼻子，稱「劓」；有斬斷足，稱「刖」；有割生殖器官，稱「宮」；有割耳朵，稱「聝」。在徒刑方面有三年徒刑，稱「鬼薪」和「白粲」；有四年徒刑，稱「城旦舂」，其中分「刑城旦」、「完城旦」；有五年徒刑，剃去頭髮，成了光頭，稱「髡城旦」；有全家籍沒爲奴，稱「籍門」；判徒刑者就得服勞役，做苦工。另有一種名爲「謫戍」的罪刑，就是被調到邊疆地區去服役或被調去打仗，他們十之八九都是一去不回的。謫戍的罪名有官吏犯了法，稱「吏有罪」；有逃亡又被捕的，稱「亡命」；有窮人典當身體給富人，過期沒錢贖身的，稱「贅婿」；有現在是商人的，稱「賈人」；有曾經做過商人的，稱「故有市籍」；有父母曾經做過商人的，稱「父母有市籍」；有祖父母曾經做過商人的，稱「大父母有市籍」。由此可見商人地位低賤有如罪犯，這是秦始皇採用法家重農抑商政策的結果。

秦始皇爲了推行重農抑商的政策，好幾次大批移民墾殖。譬如始皇二十八年移了三萬戶到齊地琅邪台。三十五年移三萬戶到麗邑（陝西臨潼縣東），移五萬戶到雲陽（陝西淳化縣西北）。三十六年移三萬戶到榆中。移民的目的，在促進邊疆地區農業的發展。

秦始皇爲了防止民間以武器造反，下令沒收百姓的兵器。這兵器本來是民間自己出錢購造，防衛身家用的，秦始皇叫百姓一概繳出，又沒有相當的補償，百姓只好自認倒楣。郡守縣令把兵器收下以後，運到咸陽去。這些兵器大都是銅造的，秦始皇命令鎔毀，共有數百萬斤。偏偏在臨洮縣（甘肅臨漳縣），傳說有十二個大人出現，高約五丈，足履有六尺，都穿著外國人的服裝。秦始皇竟認爲是祥瑞的象徵，就命令把鎔化的銅，模仿十二個大人的影像，鑄成十二銅人，每個重二十四萬斤，擺列在宮門外面。剩下的鎔銅，命令鑄成鐘和鐘架，分別擺在各個殿裡。

秦始皇對有錢財、有地位的人最不放心。他強迫全國富豪家族十二萬戶遷到咸陽來，加以監視，防止造反。同時也希望能夠因此繁榮首都。

有一天，咸陽宮中召開盛大的宴會，有一名好諂媚的大臣叫周青臣，獻上頌詞，說：「回想當年，秦國的領土不超過千里，幸賴陛下英明睿智，平定海內，打敗匈奴，就像天上的日月照耀人間，沒有人不服從的。以前的諸侯現在已變成郡縣，人人都很安樂，沒有戰爭的憂患，萬萬代代永遠如此，從遠古以來，沒有人比得上陛下的大聖大德。」秦始皇一聽，欣喜之餘，更加開懷暢飲。偏偏一位博士官淳于越很不服氣，說：「臣聽說商周兩代王朝，立國以來，分封宗室子弟和功臣，使他們成爲王室的輔助，保衛王室。現在陛下擁有四海，成爲天下至尊，但是王室子弟宗親，都成爲無權無勢的普通人。如果天下一旦有了動亂，如何拯救呢？凡是不效法古代，遵照歷史的制度，而能長久安定的，實在沒聽說過。現在周青臣當面奉承陛下，等於加重陛下的過失，不能算是忠臣。」秦始皇一聽，心中大爲發火，但他抑住心中的情緒，將淳于越的進言交給朝臣計議。偏偏李斯也知湊趣，振振有詞地說：「歷史上古代帝王的治國方針各有一套。五帝治國沒有重複的地方，三王治國也沒有抄襲的地方。這並不是他們治國的方法相反，而是一種適應時代的需要。現在陛下的政治措施是創造千秋的大業，是建立萬代事功的舉動，實在不是迂腐守舊的儒生所能瞭解。淳于越所說的，都是夏、商、周三代古老的往事，又有什麼可以値得效法呢？現在天下已經安定，法律命令都統一了，百姓都在努力從事農工生產，讀書人都在學習法律，大家安居樂業。偏偏那些儒生不顧現實，開口就是古代的三王，閉口就是古代的制度，不效法現代而去學習古代，任意評論時事，混亂人心，到達了極點，所以微臣李斯冒死進言：從前天下混亂，無法安定統一，諸侯相互打仗，爲了稱王稱霸，讀書人和遊說者的言論，不是拿古代來批評現代，就是以虛假的言論來擾亂眞理。每個都認爲自己所學的理論是最好的，並拿來批評當代的一切政治措施。現在陛下統一天下，是非黑白，應該定於一尊，有個標準。但因爲私人學術的流行，批評和誹謗國家制度法令，造謠惑衆，自以爲清高的人比比皆是。這就是在家的時候，心中隱藏不滿；出外的時候，在大街小巷議論，這種情況如果不加以禁止，那麼君主的權威必受影響而低落，民間也會成群結黨，變成禍亂的根源，這是要禁止的。臣請求掌管歷史書的史官，不是秦國歷史書的就燒掉。除了博士官所掌管的圖書之外，天下敢有藏詩、書和諸子百家的書，全部交給郡守燒掉。有人敢談論詩、書的，殺頭。拿古代來批評現代的，全家抄斬；官吏知道而不舉發的，和犯人同罪。命令一下，三十天還沒燒的，在他臉上刺字，叫他去築城做苦工。要保留的書有醫藥、卜筮和種樹。如果想學法律命令的，就必須以中央的官吏做老師。讒言停止，人心就會統一，天下長久安定，美好的聲譽就無窮無盡。」

這篇建議一呈上去，始皇大爲讚賞，批示李斯立即親自策畫執行，先把咸陽附近的書籍全部搜齊，發現有詩書和諸子百家的書籍，全部燒了。依次施行到各郡縣，如法炮製。官吏怕皇帝，百姓怕官吏，怎敢爲了幾部書，弄到性命不保，一面將書籍獻出，一面把書燒完。除了皇宮的藏書和民間少數的藏書之外，大部分的書都燒光了。當時有秦國博士伏生，他是濟南人，當秦始皇下令焚書時，他把自己所有的一些古書藏在牆壁裡。等到漢代初年，他才拿出藏書，但已少了幾十篇，僅剩二十九篇殘存的

《尙書》，就在齊、魯兩地傳授給學生。孔鮒，字子輿，是孔子的八代孫，精通六藝，深恐古代典籍滅亡，也將自己所有的書藏在牆壁中，後來隱居嵩陽，授課爲業。漢代所發現的「魯壁藏書」就是指此而言，其中收藏有《論語》、《孝經》、《尙書》三種。《詩經》因爲都是諷誦吟詠的，口傳的很多，並不只是寫在竹帛上而已，所以燒也燒不完。

秦始皇雖然是法家的信徒和執行者，但是他本人有些思想卻來自其他各家。秦統一天下之後，對於燕齊一帶的學術風氣，不得不接觸，這地方是陰陽家的勢力範圍，他們有一套「五德終始」的理論，這是戰國末年齊國鄒衍所創立的，他認爲五德以金木水火土爲代表，譬如火能滅金，金能剋木，這五德相生相剋，就像朝代一興一亡。秦始皇採用這一理論，認爲周是火德，秦就必須是水德，因爲水能剋火啊！所以秦也就能滅周，取而代之了。既然以水德爲建國理論，衣服旌旄節旗，一律黑色，就是象徵水色的意義。又認爲水象徵陰，陰表示殺氣，所以嚴定刑法，不談慈惠，一切措施以法律爲標準。秦始皇也採用一點代表魯國學術的儒家思想，譬如講究封禪、巡狩、制定禮儀、製作音樂等，可惜他對儒家的精義——仁，卻捨棄不談，以致秦朝的生命如曇花一現。

四、好大喜功

好不容易太平無事，秦始皇也想尋歡作樂，莫讓良辰美景錯過，於是徵求天下的建築師，繪畫六國宮殿的圖樣，送到咸陽。秦始皇選擇自己喜愛的設計圖樣，就在渭水北岸大興土木。這個宮殿並不是一座而已，從咸陽的雍門，沿著渭河北岸而建，向東到達涇水和渭水的交流處，長二百里，共有二百七十座宮殿。殿宇、樓閣、台榭沿途不絕。在這些宮殿中，有雙層的天橋可以相通，稱爲複道。這些天橋可以讓人走在上面，風雨不侵，日光無阻。宮殿一旦落成，秦始皇把從六國俘來的妃嬪美女，鐘竹鼓樂，分別安置在宮中，處處美女飄香，時時音樂入耳。這些六國美女也忘記了國仇家恨，只希望討得秦始皇歡心，更恨不得親承雨露，產下龍種。

秦始皇的慾望是不能滿足的，宮殿完成不到一年，又在渭水南岸興蓋宮殿，稱之爲信宮，後來改名爲極廟，這是象徵如天一樣無窮無盡的意思。他想在極廟前，築一條又寬又長的大路，直通驪山，這是未來秦始皇陵墓的所在地。從極廟到驪山的大路上，建造一座大殿，稱甘泉前殿。在甘泉前殿，修一條兩邊都是圍牆的「甬道」，直通咸陽。走在甬道中，外人看不到，可以防止暗算。

到了秦始皇三十五年，秦始皇心血來潮對朝臣說：「近來咸陽城中，戶口愈來愈多，房屋也逐漸增加，朕身為天下的主人，平時居住的，才只有這幾所宮殿，實在不夠用。從前先王在位的時候，不過守在一個角落，所建築的宮廷，不妨狹小。自從朕當了皇帝以後，文武百官比前代多了很多，實在是不能拘束一地。朕聽說周文王建都在豐，周武王建都在鎬，豐、鎬本來就是帝王的都城，而朕現在又能在此定居，怎能不擴充規模，和古代的帝王相媲美呢！不知道衆卿以為如何？」群臣一聽，哪敢不說好的。於是就在渭水南岸的皇家花園，稱上林苑，建造了朝宮。首先建築的是朝宮的前殿部分，稱為阿房。後人就稱「阿房」為「阿房宮」。唐代文豪杜牧曾作〈阿房賦〉（引自《古文觀止》譯文），他說：

六國覆滅後，天下就統一了。蜀山上的樹木一砍光，阿房宮便出現了。宮殿樓台，連接覆蓋了三百多里的地方，幾乎把天空和太陽都遮住了。從驪山北面蓋起，向西折，一直到咸陽。涇水、渭水，緩緩地流進了宮牆。距離五步，就有一座樓台；距離十步，就有一座亭閣。長長的走廊，像彩帶一樣迴旋。高高翹起的簷角，像飛鳥往高處啄食一樣。依地勢而建，極盡匠心技巧。曲曲折折，轉來轉去。整整齊齊的天井，就像蜂房。迴旋的瓦溝，就像水渦。屋宇高高地聳立，不知有幾千幾萬個簷滴。長橋橫臥在河上，就像一條游龍。但是，沒有雲興起，哪來的龍呢？那一直架到驪山山麓的天橋，就像在空中遊行一樣。天橋金碧輝煌，宛如彩虹。可是，不是在雨停之後，哪來的彩虹呢？高高低低，迷迷濛濛，東西南北，分辨不清。台上歌聲響亮熱鬧，就像和暖的春天，風光明媚。殿上的舞袖揮動生風，就像陣陣風雨，淒涼涼。同在一天中，同在一宮裡，氣候卻是千變萬化。

六國諸侯的貴妃宮女，王子皇孫，都離開他們自己的宮殿，被車子載來秦國。他們早上唱歌，晚上奏樂，成為秦朝的宮人。看啊！點點星光，閃爍不定。啊！原來不是星光，而是他們打開梳妝台上的鏡子。看呀！卷卷綠雲，隨風飄動。啊！原來不是綠雲，而是她們早晨在梳髮。渭河裡漲著膩滑的水，原來是宮女們所傾倒的脂粉水。到處煙霧飄騰，原來是她們在薰椒香、燒蘭草。雷聲隆隆，教人猛吃一驚，原來是天子的車駕經過。轆轆車聲，遠遠聽去，幽幽寂靜，冥冥深遠，不知道它到哪裡去。每一個人的肌膚、每一個人的容貌，不論是化妝和表情，都極盡豔麗嬌媚之能事。她們伸長脖子，向遠處望，希望天子臨幸，但是在那許多嬪妃中，有三十六年都沒有見過皇帝一面的。

燕國、趙國所收藏的，韓國、魏國所經營的，楚國、齊國的精華，不知經過多少代、多少年，從百姓那兒搶奪搜括來的，堆積起來，就像山一樣高。但是一旦不能保有它，就全搬到這裡來。寶鼎被看成飯鍋，美玉被看成石頭，黃金好像土塊，珍珠好像沙粒，到處亂扔。秦始皇看在眼裡，心卻不愛惜。

唉！一個人的心理，可以反映千萬人的心理。秦始皇喜愛豪華奢侈，人民也希望自己的家庭幸福美滿。為什麼搜括起來，一點都不保留？為什麼用起來，卻像泥沙一樣，一點都不愛惜呢？讓那支撐棟梁的柱子，比田畝裡工作的農夫還要多。讓那梁上的椽桷，比織布機旁的女工還要多。讓那密密麻麻的釘頭，比穀倉裡的穀粒還要多。讓那參差不齊的瓦縫，比全身衣服的絲縷還要多。讓那直直的欄杆、橫橫的檻板，比天下的城郭還要多。讓那吹彈歌唱的聲音，比市街上行人的言語還要多。使天下的人不敢說話，只有憤怒。暴君的心愈來愈驕橫固執。等到防守邊境的兵卒一聲呼喊，函谷關就陷落了。等到楚國人的一把火，可憐的阿房宮就變成一片焦土了。

滅亡六國的，是六國本身，不是秦國。殺盡秦國皇族的，是秦國自己，不是天下的人。假使當年六國諸侯，分別都愛他們自己的人民，他們就能抵抗秦國。假如秦始皇也愛六國的人民，就可以從三代傳到萬代，一直做他的皇帝，誰能滅他的族呢？秦始皇來不及為自己哀傷，只有讓後代的人為他哀傷。後代的人為他哀傷，如果不拿他做為自己的鏡子，那麼只好讓更後來的人為他們哀傷。

這阿房宮，東西寬五百步，南北長五十丈，分成上下兩層，四面都有迴廊，廊下很寬闊，車馬可以自由來來往往。在宮殿下建築一條兩邊都有圍牆的「甬道」，直通終南山，準備把宮殿一座一座地往山上建。偏偏秦始皇還認爲不滿意，說要仿效天文景觀，這咸陽宮可譬喻爲天極，把渭水當作天河，從渭水架起長橋，像是天上十七星的軌道，且橋上要能通行車馬。秦始皇也不管百姓死活，不計工資成本，只要他想得出來，就命人去做。需要的木材石料，如果關中不夠，就命人去蜀、荊一帶採辦運輸。所動用的人，除了工匠以外，單單犯人就有七十多萬人。其實他們哪裡是犯人！有的是商人，有的是父母親做過的，有的是祖父母曾經做過商人的，有的是窮人典當身子給富人，無法贖身的，這些人在秦始皇眼中，都是罪人。秦始皇看到有錢的商人是會猜忌的。如果天下多幾個像呂不韋那種人，來個千金賭注，政治又怎能安定呢？

秦始皇是個好動的人，全天悶在宮中也會發燒的。他想出外巡遊，好誇示自己的威風。就命令天下遍設馳道，這些路要造得寬敞平坦，寬五十步，高於地面，路的兩邊要栽種青綠的松樹。始皇二十七年，秦始皇第一次巡遊，目標往西，文武百官，前呼後擁，好不熱鬧。偏偏選個深秋的日子，草木都枯黃了，哪裡有景色可欣賞？只有勞動地方官四處奔跑而已，秦始皇落得盡興出門，敗興而回。好不容易，冬去春來，秦始皇盼望的日子來臨了。秦始皇第二次巡行，這次要往東方去，上了馳道，兩旁的松樹綠油油的一片，迎風搖曳，欣欣向榮。秦始皇東瞄一瞄、西看一看，兩隻眼睛忙不過來，興致盎然。也不知道走了多久，竟然已經來到了齊魯。從平原望去，只看到前面高山聳立，秦始皇問：「這是什麼山？」左右答：「陛下，此乃鄒嶧山。」秦始皇爬上了山，向東觀覽，又見一山兀立，比鄒嶧山還要高峻，秦始皇默默不語地看了老半天，就問：「這是東嶽泰山嗎？」左右答：「陛下，是的。」秦始皇說：「朕聽說古代的三皇五帝，多半巡行東嶽泰山，舉辦封禪大典，這種禮儀還有保留下來嗎？」秦始皇左右的人大都不懂儒家那一套道理，一時之間，群臣個個低著頭，不敢說話。秦始皇無奈地說：「朕想這裡是鄒魯地方，就是孔子和孟子兩人的故鄉，儒家的風氣鼎盛，一定有讀書人知道封禪的禮儀，你們可派人手去找幾十個讀書人來，教他們在泰山下接駕，朕向他們問問好了。」緊接著秦始皇兩眼環視群臣，轉動身體數次，很威風地說：「朕來到此地，不可不在石頭上刻字紀念，遺傳給後代知道。卿等可為朕寫篇文章，以便刻在石上。」群臣齊聲遵旨。當天，書法家兼政治家李斯等人，咬文嚼字，寫了一篇頌文，呈給秦始皇看。秦始皇看了很滿意，就命人刻在石上，樹立在鄒嶧山上。

隔天，秦始皇來到了泰山下，很早就有老儒生七十多人，在那裡迎駕。秦始皇詢問古代的封禪禮儀，偏有一人挺身而出，說：「古代的封禪，不過來這裡掃掃地，祭祀一番。天子登山，恐怕傷害了山上的草木土石，所以就特別用蒲草鋪蓋在所經的路上，這是仁慈節儉的表示。」秦始皇一聽，說什麼傷害草木土石，談什麼仁慈節儉，心中不很愉快，就索性把儒生打發走了。那老儒生一個個垂頭喪氣而回，秦始皇立即命令工人，斬木割草，開闢一條通路，就從山的南邊，走上山峰，命人堆起土石，作成一個祭壇，擺設幾件祭具，望著天空，虔誠地禱告，立起石頭，寫一些歌功頌德的文字，這就稱作封禮了。秦始皇緩緩地從山北走下來，準備到梁父一地，做禪禮。這禪禮就是把平地上掃乾淨，設一個祭所。車駕正在下山的時候，忽然狂風大起，旗幟被吹到空中去，一片凌亂。沙石齊飛，滿山黯淡。一剎那傾盆大雨，群臣們個個成了落湯雞。更糟糕的是，山路泥濘不堪，濺得滿身髒兮兮。還有的連路都走不好，跌倒了，叫都不敢叫一聲。正在大家慌成一團的時候，忽然看見前面的山腰上有五棵大松樹，長得亭亭如蓋，群臣忙將車駕擁入樹下，然後擠成一團。秦始皇心裡高興，認爲松樹護駕有功，就封它們爲五大夫。

等了老半天，好不容易，風雨停止，群臣們個個濕著身子，準備下山，來到了梁父，秦始皇命人刻石紀念，文字寫得光明正大，上面說：

皇帝臨位，作制明法，臣下修飭，二十有六年，初併天下，罔不賓服。親巡遠方黎民，登茲泰山，周覽東極。從臣思跡，本原事業，祇誦功德。治道運行，諸產得宜，皆有法式。大義休明，垂於後世，順承勿革。皇帝躬聖，既平天下，不懈於治，夙興夜寐，建設長利，專隆教誨，訓經宣達，遠近畢理，咸承聖志，貴賤分明，男女禮順，慎遵職事，昭融內外，靡不清淨，施於後嗣，化及無窮。遵奉遺詔，永承重戒。

封禪完畢以後，秦始皇沿著渤海東行，登上琅邪山，看見古台的遺址，秦始皇問：「這台是誰造的？」左右有幾個懂得的，說：「陛下，這是越王句踐所築。」原來越王句踐稱霸的時候，曾經在琅邪山建一座高台，以望東海，並且號召秦、晉、齊、楚等國，在台上結盟，名義上說是要輔佐周天子。現在秦統一天下，距離越國稱霸也有數百年了，這高台已經毀壞不堪。秦始皇神氣活現地說：「越王句踐也不過是居住在邊疆地帶，還建一個琅邪台，稱霸中原，朕現在併吞天下，難道比不上一個句踐嗎？」話才剛說完，就命令左右立即剷平舊台，限期另外建一個更高更寬的台。左右說：「陛下，新台工程浩大，恐怕要幾個月才能完成。」秦始皇露出不滿的表情，說：「才一個台子，也需要數個月嗎？朕準備留在此地幾十天，親自監督，不怕不成功！」左右哼都不敢哼一聲，只好趕緊興工。最倒楣的還是老百姓，運沙石，搬木材，勞苦得很。在秦始皇的催促下，新台完成了。台基有三層，高五丈，台下可居住數萬家。秦始皇親自視察，果然美大絕倫，心中一喜，就下令獎勵工役三萬人遷到台下居住，從此以後免役十二年。又命大臣咬文嚼字，刻石紀念，寫得句句感人肺腑：

維二十八年，皇帝作始，端平法度，萬物之紀。以明人事，合同父子，聖智仁義，顯白道理。東撫東土，以省卒士，事已大畢，乃臨於海。皇帝之功，勤勞本事，上農除末，黔首是富。普天之下，摶心揖志，器械一量，同書文字。日月所照，舟輿所載，皆終其命，莫不得意。應時動事，是維皇帝，匡飭異俗，凌水經地，憂恤黔首，朝夕不懈，除疑定法，咸知所辟。方伯分職，諸治經易，舉措畢當，莫不如畫。皇帝之明，臨察四方，尊卑貴賤，不踰次行。姦邪不容，皆務貞良，細大盡力，莫敢怠荒。遠邇辟隱，專務肅莊，端直敦忠，事業有常。皇帝之德，存定四極，誅亂除害，興利致福。節事以時，諸產繁殖，黔首安寧，不用兵革。六親相保，終無寇賊，驩欣奉教，盡知法式。六合之內，皇帝之土，西涉流沙，南盡北户，東有東海，北過大夏，人跡所至，無不臣者。功蓋五帝，澤及牛馬，莫不受德，各安其宇。

秦始皇在琅邪台住了一段時間後，就準備西歸。路經彭城，秦始皇興致來潮，想要在泗水尋找周鼎，原來周朝有九鼎，秦昭襄王把這九鼎搬運了，當船要載回秦國時，路過泗水，突然有一鼎掉進水中，找也找不到，所以只有八鼎被運入咸陽城。秦始皇對此事一直耿耿於懷，這次經過泗水，就命人去搜索。秦始皇為此吃齋三天，禱告水神，一面傳命召集水手，共有一千多人，要他們潛入水中，如同蛙人，把鼎找出來。這一千多人，在重賞的誘惑之下，一個一個投入水中，好像游泳競賽一樣，場面壯觀。秦始皇在岸上等了半天，個個水手筋疲力盡地爬上岸來，都說沒有下落。秦始皇自討沒趣，把水手打發走，又往西行，準備到湘山祠去。在渡江時，忽然從水裡颳起狂風，一陣又一陣，秦始皇的座船搖盪得很厲害，就要被風浪淹沒了。還好船身堅固，舵工技術高明，才勉強撐住，漸漸靠岸。秦始皇驚魂甫定，向岸上一眼望去，前頭有一座高山，山中隱現紅牆。秦始皇問：「這是湘山祠嗎？」左右答稱是。秦始皇問：「祠中祭祀什麼神？」左右答：「陛下，是湘君。」秦始皇好奇地問：「湘君是什麼來歷？」左右鴉雀無聲。還好有一位博士，答：「湘君是堯的女兒，舜的妻子，舜在蒼梧逝世，兩位妻子都陪葬，所以後來的人立祠祭祀，就稱為湘君。」秦始皇一聽，不禁大怒，說：「皇帝出巡，百神必須開路，什麼湘君，竟敢來驚嚇朕！照理應該把山上樹木砍光，聊洩朕的憤怒。」左右聽命，就傳令地方官，派遣刑徒三千多人，帶著工具登山，把山上的樹木砍得光禿禿的，又放起一把火，燒得滿山紅光。秦始皇洩恨之後，才回咸陽。

一年過去，已到了始皇二十九年。又是春暖花開時，秦始皇耐不住性子，再想東遊。文武百官前呼後擁，出了咸陽城。車行入陽武縣境，經過博浪沙，才聽到一聲風響，就有一個大鐵椎飛來，秦始皇嚇得直發抖，正好從御駕擦過，打到副車。古代天子有副車三十六輛，隨著御駕而行，車中無人坐著。秦始皇驚魂未定，所有隨駕人員都來到秦始皇面前保護，衛士拾起鐵椎，向上呈報。秦始皇愈看愈火，立即下令武士搜捕刺客。武士四處察看，毫無人影。回來覆命，秦始皇勃然大怒，說：「這難道是天上飛來的嗎？兇手一定逃脫不遠，朕必須抓住他，碎屍萬段！」說完，立刻傳令地方官，趕緊追捕兇手，鬧得家家不安，兇手也沒找到。秦始皇不甘心，命令天下大索十日，就是限在十天之內，抓到兇手。偏偏十天很快過去，那刺客早就逃之夭夭了。秦始皇無計可施，只得繼續東行，來到海邊，登上之罘山，命大臣絞盡腦汁，寫頌文，刻在石上，字字大義凜然：

維二十九年，時在中春，陽和方起，皇帝東遊，巡登之罘，臨照於海，從臣嘉觀，原念休烈，追誦本始，大聖作智，建定法度，顯著綱紀。外教諸侯，光施文惠，明以義理，六國回辟，貪戾無厭，虐殺不已。皇帝哀眾，遂發討師，奮揚武德，義誅信行，威燀旁達，莫不賓服。烹滅彊暴，振救黔首，周定四極。普施明法，經緯天下，永為儀則。大矣哉！宇縣之中，承順聖意。群臣誦功，請刻於石，表垂於常式。

這次東巡，唯恐又有意外，於是匆匆而回。

然而，椎擊秦始皇的人究竟是誰呢？原來主使者是張良。

有一位名張良的人，字子房，原來是韓國人，祖父名開地，父親名平，都做過韓國的相國。秦滅韓時，張良還是一位少年，沒有做官，家僕有三百多人，弟弟死了還沒有埋葬，他就一心只想著要爲韓國報仇，所有財產全部拿出來，廣交賓客，尋找能夠刺殺秦始皇的人。張良來到東方，訪問倉海君，請求他物色一位殺手。終於找到一名大力士，身材魁梧，能夠拿起一百二十斤的鐵椎。這一天，正好秦始皇東巡，張良知道以後，急忙通知大力士，伏在馳道邊，等待秦始皇經過。偏偏打中副車，張良大失所望，於是改名換姓，逃到下邳去了。

有一天，張良在橋上眺望景色，忽然有一名白頭老人走上橋，來到張良的身旁，故意讓一隻鞋子掉在橋下，然後對張良說：「小孩子，下去拿我的鞋子。」張良一聽，心中氣憤難忍，很想出手打他，只因爲看他年老力衰，就控制住自己的情緒，下橋去拿起鞋子，走上橋來，準備遞給白頭老人，偏偏白頭老人在橋間坐下，伸起一腳，說：「替我把鞋子穿好。」張良長跪在老人前，替他穿好鞋子。老人起身，不說一句話，一面笑，一面走開。張良覺得驚訝，就遠遠地跟蹤老人。老人走了一里多，又轉身回來，對張良說：「你這小孩子可以教導。五天以後，天色平明，你可來這裡和我相會。」張良覺得奇怪，但仍答應他。第五天早晨，張良依約前往，那老人早已在那兒等待了，並很生氣地說：「小孩子和老人約會見面，爲什麼那麼晚才來？五天之後再見面。」張良掃興而回，五天之後，雞一叫，張良就去了。偏偏白頭老人已經先到了，又生氣地說：「爲什麼那樣晚才來？五天以後再見面。」五天之後，張良半夜就趕去了，不久，那老人也來了。老人高興地說：「應當如此才對啊！」說著，就拿出一本書，說：「讀這本書，將來可成爲帝王的老師，十年之後就可以興盛國家；十三年後，你可到濟北穀城山下，如見有黃石，那就是我了。」說完就走開了。從此以後，張良早晚都在看這本書，原來是《太公兵法》。最後，張良成為劉邦的軍師。

自從博浪沙事件以後，秦始皇連續三年不敢出外遠遊。他怕又有意外，特地打扮成平民的模樣，微服出宮，隨身帶著勇士四名。走到蘭池邊，偏偏遇到一群強盜，一擁上前，想要挾擊秦始皇。秦始皇眼明手快，慌忙躲開，倒退好幾步，幸好四名勇士拔出刀劍，和盜賊拚命。這四名勇士個個高頭大馬，勇猛得很，劍術也是一流的，這群盜賊自知不敵，尋路而逃。秦始皇經此一驚，打消了遊興，回到宮中，命令逮捕盜賊。關中的官吏為了交命，也就抓了幾個看起來像盜賊的人，嚴刑拷打，直到秦始皇氣消為止。

有一天，有一名求仙學道的人，叫盧生，獻上一書給秦始皇，書中有「亡秦者胡」一句，秦始皇看了之後，心想：「這胡就是匈奴，占據北方，常常侵略中國，將來我大秦天下，難道會被胡人占領嗎？」秦始皇不放心，就命令蒙恬調兵三十萬人，北伐匈奴。這匈奴人是沒有城郭宮室的，過著游牧生活，哪裡有豐美的水草，就在哪裡蓋起帳幕居住，養一些羊馬作為他們的財產。等到水草被吃得差不多了，就收起帳幕，趕著動物，去找水草了。他們所穿的，都是毛皮；他們所吃的，都是牲畜肉類。平常除了畜牧之外，就是騎馬射箭，因而培養出強悍的個性，華夏的禮義廉恥，他們沒有學過，風俗文化都與中國內地有異。

早在戰國時代，匈奴就常冒犯邊疆，燕、趙、秦三國爲了防範他們，就築城屯兵。譬如趙武靈王，打敗了林胡、樓煩等部族之後，就從代（河北蔚縣）起，順著陰山山脈，一直到高闕（內蒙古河套臨河縣），築起了高大的防禦工事，名爲長城。譬如秦昭襄王，在隴西郡、北地郡、上郡，築起長城。譬如燕國也從造陽（河北獨石口）起，一直築到襄平（遼寧遼陽縣北）。這次秦將軍蒙恬帶著大兵前來北方，匈奴抵擋不住，作鳥獸散。蒙恬就占領了河套地區，當時稱河南地，將它劃分爲四十四縣，把內地罪犯強迫到此開墾，充實邊疆。爲了防範匈奴再入侵，就把原來燕、趙、秦的長城連成一線，東達遼東，西到臨洮，翻山越嶺，連綿萬里，所以稱萬里長城。這萬里長城動員數十萬人，是人民的血汗所堆積而成的。

平定匈奴不久，秦始皇耐不住平靜，又想征服百越。百越的部落很分散。住在浙江南部沿海的越族稱東甌；住在福建沿海的越族稱閩越；住在廣西的越族稱西甌；住在廣東和越南交界的稱南越；總稱百越。早在秦始皇滅楚以後，就順路滅了東甌和閩越，設立閩中郡。秦始皇這次所征服的目標是南越和西甌；因爲它們都位於五嶺以南，所以也稱嶺南。五嶺就是有名的大庾嶺、騎田嶺、都龐嶺、萌渚嶺、越城嶺。嶺南地方，氣候濕熱，山高林密，積成瘴癘，行人只要一碰著，重則喪命，輕則生病。尤其滿山的毒蛇猛獸，駭人聽聞。這嶺南民族，披頭散髮，不穿衣服，皮膚刺青，漢人以為野蠻，故而稱之為蠻人。秦始皇也知道這南征的路上艱難，行軍不便，就命令將人犯全部釋放，充作軍人，使他們南征，共有二十萬人。命大將率領，剋日出發。這些可憐的人犯，告別了妻子父母，一路上含著淚水，翻山越嶺，走得兩腳都流血，有的倒在地上呻吟，有的受不了折磨，上吊自殺。好不容易南征軍進入嶺南，這南蠻勢力分散，眼看有大隊人馬，不下幾十萬人，從北方開過來，又有刀槍又有劍，都是生平所沒見過的。心中懼怕，四處逃散。秦軍追逐蠻人，所俘獲者盡充作奴僕。不久，平定南蠻，設立了南海郡（廣東省沿海地區）、桂林郡（廣西省北部和東部）、象郡（廣西省西南部和越南北部）。秦始皇又下令徵發一批人犯到這三個郡來開墾和守邊。同時在嶺南開鑿靈渠，溝通湘江和桂江的支流灕江的交通，使長江流域和珠江流域連成一氣，把北方的物質和文化傳播到南方來。

五、神仙之夢

秦始皇野心勃勃，他雖然享盡人間的榮華富貴，但仍嫌不足。當初他在琅邪山造新台的時候，一住就是三個月，常在山上往東海眺望，在那遠遠的海上，一幢一幢的樓閣若隱若現，燦爛輝煌。忽然之間，又有人影來來往往，和街市一般，等到仔細一看，卻是若明若滅。

秦始皇很驚訝地說：「怪事！怪事！」

左右問：「陛下，何以稱怪事？」

秦始皇說：「朕見到遠方海上有樓閣聳起，並有人相互來往，不知道衆卿有沒有看到？」

這大臣們誰敢說沒有，就有幾個想討好秦始皇的臣子乘機進言。

他們說：「這想是海上三座神山，叫做蓬萊、方丈、瀛洲。」

秦始皇一副大夢初醒的樣子，說：「對了！對了！朕記得從前，有燕國人宋毋忌、羨門子高等人，入海成爲仙人，他們的徒弟輾轉宣傳說海上有三座神山，很多仙人聚在一起，還有不死的藥。齊威王、齊宣王、燕昭王，都曾經派人入海求仙，可惜都沒成功。相傳神山本在渤海中，不過船隻不能靠近，往往被大風吹回來，朕今天親眼看見，才知道傳聞是眞的。可惜朕未能親自前往，不能求得長生不死的藥，就算是貴爲天子，總不免生老病死，怎能和神仙相比。」一邊說，一邊嘆氣，不得不在山上徘徊，不忍離去。

這時有一名方士（就是求仙煉丹的人）名叫徐市，上書秦始皇，說只要齋戒沐浴和童男童女若干人，乘船去求仙藥，必定可以到達神山。秦始皇一聽，大爲高興，就命他如法施行。秦始皇一日兩日，癡癡等待，忍不住焦慮起來，站也不是，坐也不是。終於有船回來，秦始皇興匆匆，連忙傳問是否採到仙藥。哪裡知道船上的人都說風浪太大，無法靠近神山。秦始皇滿心熱望，頓時落空，只好啓駕西歸。

根據蔡東帆《秦漢通俗演義》所載：

有一天，秦始皇又外出微行，忽然聽到有人唱歌：「神仙得者茅初成，駕龍上升入太清，時下玄洲戲赤城，繼世而往在我盈，帝若學之臘嘉平。」秦始皇聽了以後，一時不能瞭解，就向當地的父老詢問，父老就根據他們平常所聽到的，簡要地說明。

他們說：「太原地方，有一人名叫茅盈，研究道術，號稱眞人。他的曾祖父名叫茅濛，相傳在華山中得道成仙，乘雲駕龍，白日升天。這歌謠就是茅濛傳下來的，流行在城裡，所以城裡的人沒有不隨口吟誦的。」

秦始皇面露喜色，說：「人生得道，眞的可成仙嗎？」他們說：「有道心，就可長生。既得到長生，就可成仙。」

秦始皇愈聽愈歡喜，就和父老相別，回到宮中，依據歌中的意思，下詔把臘月改稱嘉平月，作爲學仙的初步。又在咸陽東邊，挖一個大池，引入渭水。這大池長二百里，寬二十里，稱爲蘭池。在池中建築樓閣宮殿，取名蓬瀛，就是蓬萊和瀛洲兩座神山的意思。又挑選大石塊，命令工匠刻成鯨魚的形狀，長兩百丈，當作海中的大鯨魚。工程完成，秦始皇隨時來往，聊慰他的神仙之夢。

有一天，燕人盧生來到宮中，秦始皇問他說：「朕貴爲天子，所有的制度和建設沒有不可達成的，只是仙人不能親眼看見，長生不死的藥不能取得，怎麼辦才好呢？」

盧生答：「臣以前奉陛下的命令，去求仙人和靈芝奇藥，曾經遭遇多少風波，都不能求得。這可能是鬼物作祟，暗中阻礙，臣聽說國君想求仙術，必須隨時穿著便服微行，避免惡鬼，惡鬼一旦遠離，眞人就可求到了。如果國君所到的地方，連臣子都知道，那就是身在世俗凡塵，不能求到眞人。眞人入水不侵，入火不熱，騰雲駕霧，到處都可前往，因此萬年不死，生命和天地同長。現在陛下親自處理很多政事，不能恬淡，雖想求仙，恐怕無益。從今以後，但願陛下所居住的宮殿不要使外人知道，然後仙人可求得，不死的藥也可求得。」

秦始皇恍然大悟，不勝感嘆地說：「難怪仙人的境界不易達到，長生不死的仙藥難求。原來是有這些阻礙。朕現在才如夢初醒。但朕既然渴慕眞人，那就自稱眞人，以後不再稱朕了，以免讓惡鬼所迷惑。」

盧生諂媚地說：「畢竟陛下聖明天縱，成仙指日可待。」

從此以後，秦始皇下令咸陽附近二百里內，已經造成的宮殿二百多所，都要添造兩邊有圍牆的通道，稱複道。前前後後連接起來，免得遊行時讓外人看見了。

有一天，秦始皇遊行到梁山宮，登上高處，忽然看見有一隊人馬從山下經過，武夫在前面喝斥，小官吏在後面跟隨，共有一千多人。其中坐著一位寬袍大袖的高官，威風八面，只可惜被羽蓋遮住了，看不到他的眞面目。秦始皇心中不悅，便問左右說：「這是誰經過，怎麼這樣威風？」

左右答：「陛下，這是丞相李斯的車隊。」

秦始皇滿臉怒容，說：「丞相的車隊眞的如此威風嗎？」就有幾個人把此事報告李斯，李斯一聽，連忙減少車隊和人員，偏偏被秦始皇看見，秦始皇心想：「一定有人洩漏前言。」於是下令那天在梁山宮的侍從左右，一律傳到。秦始皇問他們何故洩漏前言，那些左右嚇得兩腿發抖，沒有一個人敢承認。秦始皇愈來愈生氣，命令武士將他們全部斬首。

盧生聽到這事，就對韓人侯生說：「秦始皇這個人，天性剛強暴戾，自以爲有智慧，雄心萬丈，只是幸運併吞天下，就志得意滿，自認從遠古以來，沒有人比得上的。雖然有國策顧問的博士七十多人，卻不過是讓他們拿薪水而已，一點也不重用他們。丞相以下的大臣們，個個都低著頭，奉命行事，沒有敢講一句話的。他又愛用刑罰殺人，重用刑事官，天下的人都畏罪避禍，不知如何是好。我們最近雖然蒙受皇上的寵愛，錦衣美食，但秦的法律規定：不能欺君罔上，不然則死。仙藥難道眞的可求嗎？我不願意再去求什麼仙藥了，不如早點離開，免受災禍！」說完，兩人都逃走。

秦始皇知道以後，已經來不及追捕了，不禁大怒，說：「我從前網羅天下沒有用的書，把它們燒了。召集很多讀書人和求仙煉丹的方士來到咸陽，只是希望他們能夠輔助國家，尋找仙藥。現在徐市花費數萬，最後沒有得到仙藥。盧生受到厚重的賞賜，如今反而誹謗我。我想方士都如此了，其他人也不必說了。現在咸陽的方士不下數百人，一定有妖言惑衆的，這次不能不徹底清查。」立即頒詔，命掌刑事的御史問罪方士。這些方士外表都是儒生打扮，不明底細的人，還以爲他們是儒家的信徒。御史召集數百名方士，問他們有否妖言惑衆。這些方士個個嘴硬，死不承認。御史深體秦始皇愛用刑罰的心意，厲聲說：「你們若不用刑，怎麼肯實供！」說完就命小役取出很多刑具，把這些方士拖倒在地，或杖刑，或鞭笞，打得個個叫苦連天。當中有幾名受不了苦，也就勉強認罪，寫成供詞。秦始皇下令將這四百六十多名方士全部押到深谷中，命令工匠拋擲土石，這些方士痛苦呻吟，慘叫聲響徹山谷。一剎那之間，山谷已經填滿了。

秦始皇的長子扶蘇是一名愛好儒學的人，他聽說父親要處死這四百多名讀書人，就入宮對秦始皇說：「天下平定不久，人民的心不安，這些讀書人都是學習孔子，懂得禮儀的，現在如果以死刑來處罰他們，臣恐怕人心不服，反而連累陛下聰明的名聲，還請求陛下特別施行仁恩！」秦始皇大怒：「小孩子懂什麼，也來這裡多說話！這些事不要你管，你到北方的上郡去，監督蒙恬，趕快把長城造好，我就要北巡了。」扶蘇只好匆匆北去。

秦始皇坑了四百六十多名方士以後，仍嫌不足，他覺得讀書人太狡猾了，不僅欺君罔上，還可能鼓動人民造反，他就心生一計，下詔求才，命令地方官訪求有名的儒生，送到京師錄用。就有幾個貪求功名的儒生前來應徵。秦始皇大喜，一一召見，清點人數，大概有七百名，個個都給他們官做，這些儒生受到如此恩賜，對皇上無不滿懷感激，舞蹈謝恩。

根據蔡東帆在《秦漢通俗演義》記載：

驪山下有個溫泉，直通馬谷。這馬谷中有熱氣，不管天氣冷熱，草木長生。秦始皇就暗中命令心腹，在谷中植下瓜子。這一年冬天，忽然驪山的守吏報告說馬谷中有瓜長成，纍纍滿山谷。秦始皇召集這七百名儒生，一副驚訝地問：「現在是嚴寒季節，果實都已經凋殘了，爲什麼馬谷會長出瓜來呢？衆卿對古代歷史都有多年的研究，能不能說出原因？」七百名儒生有的說是祥瑞的徵兆，有的說是不吉的象徵，衆說紛紜，莫衷一是。秦始皇暗暗得意，說：「衆卿不如與朕同往馬谷，親自審視，即可知道災祥。」大家來到馬谷，果然谷中有瓜不少，新鮮可人，大家議論紛紛，臉上一副驚疑的表情。忽然間，有許多土石從頭上壓來。大家急忙四處奔竄，偏偏谷口已被木石塞死了，慘痛呻吟之聲，漫山遍野，有的哭作一團，有的用頭撞壁，有的被木石壓死，有的窒息而亡，七百人無一活口。

到了始皇三十六年，有流星墜落在東郡，化成石頭。石頭上有字跡：「始皇死而天下分裂。」東郡郡守知道後，嚇得不敢往上報告，可是秦始皇曾下令，凡世間無論何事，地方官不准隱匿，不得不報。秦始皇得到消息，心中大怒，說：「這是什麼怪石！一定是有人咒我，刻字在石頭上，非派人調查不可。」說完，就命御史趕往東郡，嚴刑查辦。這御史來到東郡，傳問住在這石頭附近的居民，這些居民誰敢承認，都說不知情。御史派人報知咸陽，秦始皇怒火更甚，命令將石頭旁的居民全部殺了，並把那怪石毀了。從此之後，秦始皇愈來愈怕死，命令博士作仙眞人詩，把詩詞交給樂人，叫他譜入樂曲，成爲仙眞人歌。就令樂工彈奏歌唱，希望早日登仙。

這一年秋天，有使臣在從關東回咸陽的路上，經過華陰，忽然有一個人送這使臣一塊璧，並說：「爲我送給滈池君，今年祖龍當死。」使臣覺得莫名其妙，正要問清楚時，那人就不見蹤影了。使臣把璧送給秦始皇。秦始皇看了，默默不語一陣子，說：「山鬼所知道的也不過是一年的事。」那使臣也不說什麼，就退去了。秦始皇心中不安，自言自語，說：「祖龍兩字，是什麼意思呢？祖應該是始的意思，龍是國君的象徵，那不是在說我嗎？呸！不！祖龍應該是我祖先才對。」他愈想愈懷疑，就把璧交給御府，御府官吏認出這是始皇二十八年，東行渡江，曾把此璧投水祭神。秦始皇一聽，立刻命人占卜，那卜人只說：「遊行和遷徙最吉利。」秦始皇暗想：「我可以遊行，不可以遷徙；人民可以遷徙，不可以遊行。不如我再遊行，人民也遷徙，雙管齊下，趨吉避凶。」可是他又想：「山鬼說我今年會死，不如我今年遷徙人民，明年再出遊好了。」就命令百姓三萬家遷到河北榆中。這老百姓本來是安土重遷，如今不得已只好離鄉背井，心中不免難過。

轉眼間又是一年開始，這是始皇三十七年，秦始皇下令出巡。命令右丞相馮去疾和少子胡亥留守關中。偏偏少子胡亥也想隨秦始皇出遊，開開眼界，秦始皇憐愛他，也就答應了。左丞相李斯和中車府令趙高也隨行。中車府令是掌管宮廷車馬的官。

趙高本來是一名宦官，也是趙國王室的遠親。他的父親因為犯罪被判處宮刑，他的母親被判罪為官府的奴婢。他的兄弟好幾個都和他一樣，被迫為宦官，實在是家庭悲劇。因為家庭的不幸，使趙高內心不平衡，充滿了恨。趙高痛定思痛，決心用功讀書，精研刑獄律法，而得到秦始皇的賞識，任命他當中車府令。從此，趙高有了機會親近胡亥，並教導胡亥刑獄法律的知識，胡亥對趙高也就愈來愈親信，尤其趙高有一張甜蜜的嘴。有一次趙高犯法，秦始皇將他交給蒙恬的弟弟蒙毅處理，蒙毅個性正直，依法辦理，處以死刑。秦始皇卻認爲趙高做事認眞敏捷，因此免了他的罪。

秦始皇這次出巡，往東南方，經過九嶷山，聽說山上有舜的墳墓，也就望山祈禱。接著順著長江而下，來到了浙江，親眼見到浙江潮波濤洶湧，風浪險惡，也就往西繞道而行。從狹處渡過江流，登上會稽山，祭祀大禹，觀望南海，立下石碑，刻字，字字大義凜然：

皇帝休烈，平一宇內，德惠修長。三十有七年，親巡天下，周覽遠方。遂登會稽，宣省習俗，黔首齋莊。群臣誦功，本原事跡，追首高明。秦聖臨國，始定刑名，顯陳舊彰。初平法式，審別職任，以立恆常。六王專倍，貪戾傲猛，率眾自彊。暴虐恣行，負力而驕，數動甲兵。陰通閒使，以事合從，行為辟方。內飾詐謀，外來侵邊，遂起禍殃。義威誅之，殄熄暴悖，亂賊滅亡。聖德廣密，六合之中，被澤無疆。皇帝併宇，兼聽萬事，遠近畢清。運理群物，考驗事實，各載其名，貴賤並通，善否陳情，靡有隱情。飾省宣義，有子而嫁，倍死不貞。防隔內外，禁止淫佚，男女絜誠，夫為寄豭，殺之無罪，男秉義程。妻為逃嫁，子不得母，咸化廉清。大治濯俗，天下承風，蒙被休經。皆遵度軌，和安敦勉，莫不順令。黔首修潔，人樂同則，嘉保太平。後敬奉法，常治無極，輿舟不傾。從臣誦烈，請刻此石，光垂休銘。

文中大義是說：六國君王如何殘害人民，侵略秦國，而秦始皇是如何英明偉大，滅掉六國暴君，統一天下，建立法律制度，讓人民生活安定，不再犯罪。又宣揚大義，讓天下永保太平。大臣們歌頌這偉大的功德，要求刻石留念，並非我一人要炫耀的啊！

立石以後，秦始皇啓駕北行，再到琅邪，宣見徐市。徐市逍遙海上已經好幾年，求取不死藥都沒有成功，用去錢財無數。秦始皇不耐煩地責問他。徐市腦筋靈光，就說在海中遇見大神，那大神對臣說：

「你是西秦皇帝派來的使者嗎？」

臣答：「是的。」

大神問：「你想求什麼？」

臣答：「想求不死的藥。」

大神說：「你們皇帝送來的禮物太少了一點，這不死的藥可以讓你看一看，但不可以拿。」大神說完，就引臣到蓬萊山，山上的宮殿是由靈芝築成，宮殿上有使者，身體的形狀如龍一般，並會放出光芒。

臣向大神再三叩拜，問：「要獻上什麼大禮，才可以求得不死的藥呢？」大神說：「要面貌端正美好的童男童女三千人和各種技藝工匠數百人，即可取得不死的藥。」

秦始皇一聽很高興，下令徵集童男童女三千人和幾百個技藝工匠，又準備很多五穀糧食，交付徐市，準備出海而去。偏偏徐市又說：「臣連年航海，好幾次得以到達蓬萊，但是海中有大鮫魚作怪，掀風作浪，阻擋海船，以致不能上山採藥，臣想若要早日取得蓬萊不死的藥，最好先除掉鮫魚，但願陛下挑選弓箭手和臣一同乘船往蓬萊山，如果看見鮫魚，就射死牠們。」秦始皇一聽，也信以為真，就選神箭手數百人，隨船同去。

秦始皇日夜思慕仙藥，以致夜裡夢見和海神交戰。這海神長得像人一般。醒後，秦始皇召問博士，博士答：「海神是不容易見到的，平常有大魚鮫龍作為候驗。如今陛下祭祀神明非常謹慎，偏偏有此惡神暗中作崇，應設法驅除，才能見到善神。」秦始皇一聽，認爲和徐市所說的相符，不由得相信起來，就帶了神箭手數百人，親自下海督射，想和海神決鬥。立刻由琅邪起程，往北開到榮成山，航行了數十里，並沒有看見大魚鮫龍。再繼續前行到之罘，遠遠看見有一大魚，若浮若沈，迎面而來，那巨大的魚鱗閃閃發光。各神箭手一齊站立在船頭，施展技藝，萬箭穿魚，剎那間，一片血海，那大魚奄奄一息，沈到海平面之下。各神箭手歡欣跳躍，報告秦始皇這個好消息，秦始皇樂得眉開眼笑，相信徐市這一去，必能取得不死的藥。

徐市用船載了童男童女三千人和許多糧食，揚帆東去。他們在海上漂流了好幾天，最後發現一島。島上草木叢生，沒有人煙。徐市帶領童男童女，一齊登岸，四處觀望一陣子，然後面對大家，語重心長地說：「皇上要我們尋求不死的藥，大家想一想，不死的藥從哪裡來呢？如果再空手而回，皇上必然生氣，把我們斬了。」這些兒童少年聽到殺頭，個個抱頭大哭，衣襟都濕透了。徐市鼓起信心，說：「不要哭！不要哭！我已經想到一條生路。你們看看這座荒島，雖然荊棘遍布，但是土地肥沃，容易生長，如果我們努力開墾，種植穀物，一定有收穫，就可以生活了。還好，我們船中準備有穀種和農具。目前我們處境困難，我已經準備了現成的糧食，可以維持半年的生活。從今以後，我們在此安居樂業，不必納稅，也不會犯法受刑，這不是一勞永逸嗎？」大家一聽，如同遇見再生父母，轉悲為喜，願意聽從徐市的指揮了。

徐市立刻分派男女，每天墾荒耕作，半年以後，果然穀實纍纍，這一荒島化為一片田園。大家有了糧食後，就開始建立屋宇，就地棲身。徐市也體察人性，眼見這些兒童個個長大成熟，耐不住青春期的寂寞，就讓他們配為夫婦，一同歡樂。大家都有了家室，生活安定，逐漸忘記他們中國的祖先。後來，徐市逝世，就在島上安葬。相傳他的墓地就在現在的日本境內呢！

偏偏秦始皇在岸上等待徐市的消息，不知道徐市是不會回來了，不得已，下令西歸。一路來到平原津，秦始皇忽然生病了，飯吃不下，睡眠不安，精神恍恍惚惚。這隨駕醫官趕來診視進藥，但卻無效。左丞相李斯心中最焦急，時常探望秦始皇的病情，見他無藥可救，就催促人馬，趕快回京。一行人馬來到沙丘，這沙丘有以前趙國的行宮，就讓秦始皇在宮中休息，李斯知道秦始皇再活也沒多久了，很想去問後事，無奈秦始皇最忌諱「死」字，李斯害怕觸怒龍顏，遲遲不敢發問。秦始皇也知道自己不久人世，就命令李斯和趙高晉見，寫成璽書，賜給長子扶蘇，命他快回咸陽，守候喪禮。在這件遺囑上加蓋玉璽後密封。可是奸詐的趙高並沒有把它交給使者，送去給扶蘇，而是將它藏起來。李斯卻忙著擔心秦始皇的病情，一時沒有時間去管那璽書。

秦始皇熬不住死神的召喚，終於撒手人寰，時在始皇三十七年，年齡五十歲。李斯認爲秦始皇在巡遊途中崩亡，恐怕消息一傳出，國內會有變亂，所以祕不發喪，暫時將秦始皇的屍體收入棺中，把棺木放在轀輬車上，假裝秦始皇還活著一樣，文武百官照常行事。除了李斯、趙高、胡亥和幾名宦官之外，沒有人知道秦始皇已躺在棺木中了。

趙高、李斯等人並沒有因爲秦始皇一死就立刻返回咸陽，他們仍然按照原定巡行的計畫，從井陘，經過九原，繞了一圈再回咸陽。那時剛好是夏天，天氣炎熱，秦始皇的屍體漸漸腐爛，散發出陣陣惡臭。趙高一聞，立刻派人把從海上抓到的幾百斤鮑魚，放在秦始皇的座車，掩蓋屍臭。這文武百官覺得很奇怪，心想：「哪有將鮑魚放在陛下的座車中，那陛下怎能忍受魚臭呢？」只是因爲秦始皇一向專制，他的命令誰也不敢反抗。文武百官還以爲這是秦始皇的命令，不得不從。這一路上繞行了三四千里，沿路的地方官恭恭敬敬地在兩旁侍奉，還獻上賀禮呢！趙高面對著秦始皇的座車，口中念念有詞，然後頒下聖旨，文武百官很高興地領受。

趙高把握時機，私下對胡亥說：「主上駕崩，沒有聽說要分封王位和土地給兒子們，卻單單賜長子扶蘇璽書，只要長子一到咸陽，繼位爲皇帝，公子恐怕連一寸土地都沒有，怎麼辦？」

胡亥大義凜然地說：「我知道君主最瞭解臣下，父親最瞭解兒子，父親既然沒有遺命要分封兒子，做兒子的自然應當遵守，還要說些什麼呢？」

趙高說：「話不能這樣說啊！現在天下的大權全在公子和我，以及丞相三人的手中，但願公子早點自我安排後路，必須知道如果不是別人受制於我們，就是我們受制於別人，兩者的差別多麼不同！」

胡亥義正辭嚴地說：「廢兄立弟，這是不義。不奉父命，這是不孝。自己沒有才能，依賴他人求取榮耀，這是無能。這三件事違背道德，如果隨便亂行，一定會弄到身亡國危，國家不會長久的。」

趙高不死心，鼓起如簧之舌，說：「臣聽說湯武革命，殺掉暴君，天下人都讚美他們的仁義，沒有說他們不忠。衛輒抵抗父親，國人都服從他，孔子也默許，沒有說他不孝。偉大的事業不因小事而受到限制；光輝的德行不因爲小小的辭讓而自以爲是。做事情最可貴的，在於通權達變，怎麼可以墨守成規呢？如果不因此好好計畫，以後必然後悔不已。但願公子聽臣的大計畫，堅定信念去實踐，將來必有所成就。」

這幾句感人的言語流入胡亥的心窩，胡亥沈默半天，嘆息著說：「現在大行還沒開始，喪禮還沒結束，怎能爲這件事去求丞相呢？」

趙高自信地說：「好時機啊！好時機啊！稍縱即逝！臣自己能夠說服丞相，不勞公子擔心，現在時機緊迫，哪有時間考慮，就是快馬加鞭，還嫌太晚呢。」

趙高去找李斯，對他說：「皇上駕崩，賜長公子扶蘇璽書，要他奔喪咸陽，立爲太子。現在，這封璽書還沒有交給扶蘇，皇上駕崩的消息也沒有人知道。璽書和國寶玉璽都在胡亥的手上，決定太子的事就在丞相和我的一句話了。丞相覺得如何呢？」

李斯神情嚴肅地說：「你怎能說這種亡國的話！這不是我們當臣下所應該談論的。」

趙高一本正經地說：「丞相自覺才幹會比蒙恬優秀嗎？功業會比蒙恬偉大嗎？深謀遠慮而不失誤會比蒙恬行嗎？能夠做到像蒙恬那樣無怨於天下嗎？長公子扶蘇和蒙恬的交情與信任，你比得上嗎？」

李斯說：「這五件事，我都比不上蒙恬。但是，你爲什麼責備我這麼深呢？」

趙高巧妙地說：「我原來只不過是宮中的奴僕，僥倖因爲文筆而進入秦國宮廷，服務了二十多年，從沒見過秦朝免職和罷官的丞相功臣，還會封官到第二代的，他們的下場多是殺頭。先皇帝有二十多個兒子，這是你知道的。長公子扶蘇，剛毅而武勇，善於信任他人，也善於鼓勵提拔他的老部下。他即位後，一定會用蒙恬做丞相，結果丞相就難免要捧著一顆『通侯』的爵印，回到故鄉去，這是很明顯的。我受命教導胡亥學習法律好幾年了，從來沒有見過胡亥有什麼過錯。他仁慈寬厚，輕財重士，雖然口才不是很好，頭腦卻很聰明。在他的二十多個兄弟之中，沒有人比得上他，他可以立為太子，請你計畫一下。」

李斯曉以大義，說：「你要安守本分啊！我奉先帝的命令，聽天命的安排，還要定什麼計畫呢？」

趙高心機深沈，說：「天地間任何事，安定可以轉變為危險，危險也可以轉變為安定。決定安危，在於自己。如果自己不能決定安危，怎能成為聖人呢？」

李斯一副意志堅定的樣子，說：「我只不過是上蔡的一個平民，先帝起用我為丞相，封我為通侯，賜給我李家子弟高官厚祿，先帝的用意就是要將國家的安危存亡託付給我，我能辜負先帝的希望嗎？忠臣不怕死，我只是盡臣子的責任而已。你不要再說了，免得讓我在朝廷上犯罪。」

趙高搬出聖人的道理，說：「偉大的聖人隨著實際的需要而變通，現在天下大權都掌握在胡亥手上，我一定能夠成功。如果從外制中，就是迷惑了；如果以下制上，就是賊了。譬如秋霜在上，花草在下，秋霜一飄，花草全落。譬如水在中，萬物在外，水一流動，萬物生長，這是一定的道理。」

李斯侃侃而談，說：「我聽說晉獻公廢去太子申生，晉國三代不得安寧；齊桓公兄弟爭奪王位，結果都落得慘死；商紂不接納忠言，導致骨肉相殘。不聽忠言勸諫的，國家就會淪爲廢墟，以上三件歷史事實，都是違背天意，國家不會長久。我李斯還要做人，怎能幹這種事！」

趙高動之以利，說：「上下同心，國家就可長久，中外如一，事情也就好辦。丞相如果聽從我的計畫，就永遠封侯，一定像喬松那樣長命百歲，像孔子、墨子那樣有智慧。如果不聽從我，禍害會降臨在你的子孫，怎不令人寒心啊！好人會因禍得福，丞相選擇哪一樣呢？」

李斯仰天長嘆，流下眼淚，說：「啊！生逢亂世，既然不能做到不怕死，還談什麼安身立命，接受先帝的重託呢？」

趙高見李斯心已軟弱，心中大喜，告辭而出，回報胡亥，說：「臣奉『太子』的命令，把計畫告知丞相，丞相願意遵守。」

趙高和胡亥密謀，假造聖旨，說先帝立胡亥爲太子，布告天下。又竄改璽書，賜給長子扶蘇和將軍蒙恬，書中說：

「朕巡遊天下，祭祀名山諸神，以延續壽命。現在扶蘇和蒙恬率領數十萬軍隊防守邊境，十幾年來沒有進展，士卒耗損很多，連一點功勞都談不上。又曾經幾次上書，直言誹謗我的作為，因為不能回咸陽作太子，就日夜怨恨。扶蘇身為人子，如此不孝，應當賜劍自殺。蒙恬和扶蘇都在邊境，而蒙恬卻不能改正扶蘇的過失，可見兩人共謀，身為人臣，如此不忠，賜死！把你們的軍隊交給裨將王離，不得抗命！」

璽書一寫好，蓋上御璽，假託秦始皇的命令，就由胡亥派遣使者，帶著一把皇上用劍，來到上郡，交給扶蘇。扶蘇一看璽書，也不問青紅皂白，一邊哭，一邊走進內屋，正要拔劍自刎的時候，蒙恬慌忙奔入，搶下他手中的劍，說：「先帝在外巡遊，並沒有立太子，命令臣率三十萬大軍防守邊境，公子監督，這是天下的重任啊！如果不是先帝信任我們，怎肯輕易託付給我們呢？現在只靠著一個使者來這裡，就想自殺，怎能不懷疑其中有詐！暫時派人去打聽打聽，我們再一同去請命，如果真的話，再死也不遲。」這使者一聽，恐怕夜長夢多，一再催促扶蘇和蒙恬趕快受命。扶蘇一片仁孝之心，說：「父要子死，子不能不死，我死了就算了，何必再請命！」話一說完，立即拔劍穿喉，鮮血狂噴，倒地而死。蒙恬不肯死，只同意把兵權交給裨將王離，束手就縛被關到陽周，希望能有一線生機。

趙高、李斯、胡亥三人除去扶蘇和收回蒙恬的兵權以後，就傳出秦始皇的死訊，即日辦理喪事，並立胡亥為二世皇帝。秦二世將秦始皇的棺木移葬驪山。這驪山在驪邑的南境，靠近咸陽，也就是在臨洮縣東方十五里處。早在秦始皇即位為秦王的時候，就已經在驪山的北麓建設墳墓。因為驪山沒有大石塊，須從別處運來，需要很多工人，秦始皇就曾經動用七十萬人來運石築墓，當時流行一首歌謠：「運石甘泉口，渭水為不流。千人一唱，萬人相鉅。」這墓中裡面有宮殿，天花板上象徵天文景觀，以大珍珠作為日月星辰，地板象徵地理，用高貴的水銀作為江河大海。宮中備用百官的位次，刻石作為人像，站在兩邊，極盡巧麗之能事。在宮的四周，設有機關箭，如果有人闖入墓地，誤踏機關，便萬箭穿心。宮內並非黑暗無光，備有從東海取來的人魚膏。人魚是一種有四隻腳而像人一樣的鮎魚。牠肚子的膏油可用來點燈，長久不滅。

墓坑挖好了，秦二世帶著宮中家屬和文武百官來送葬。正要下棺的時候，秦二世說：「先帝的後宮女子，沒有生孩子的，一律殉葬，不要出來。」這後宮女子一聽，哀嚎淒叫，有的撞山而死，有的悶死，有的餓死，美麗的胭脂肌膚化成髑髏。這工匠們將後宮女子封閉之後，來到最靠近外面的壙門，有人對秦二世私語：「壙中的寶物很多，雖然有機關箭，但工匠們已經知道其中的祕密，說不定將來會有偷掘的事，不如把他們除掉，以免後患。」胡亥一聽，立刻命親近的軍士將最外面的一扇門關閉，並以土石封死，很多工匠呼天搶地，整個驪山愁雲密布。到這裡，整座驪山陵，也稱秦始皇陵，才算正式大功告成。陵高八十公尺，東、西、南、北各寬五百公尺。秦始皇的靈魂或許在地下繼續享受榮華富貴呢！

六、日落西山

秦二世埋葬秦始皇的屍體以後，就回到宮中，想釋放蒙恬。但是趙高痛恨蒙氏兄弟，就對秦二世說：

「臣聽說先帝還沒有駕崩的時候，曾經想選擇賢能的公子繼立皇位，以陛下你為太子，只因為蒙恬專權，屢次阻撓，所以先帝才立扶蘇。現在扶蘇已死，陛下登基，蒙氏兄弟一定會為扶蘇報仇，恐怕陛下不能安枕無憂。」

秦二世一聽，頗為心動，就擬定詔書，準備加害蒙氏兄弟，正好秦二世的姪兒子嬰進諫，他說：

「從前趙王遷殺死李牧，誤用顏聚；燕王喜輕信荊軻，違反和秦國的約定；齊王建殺掉先代的遺臣，聽信后勝；以上三國的國君，最後落得身死國亡，祖先的祭祀中斷。現在蒙氏兄弟對國家有功，陛下反而想把他殺了，臣以為不可！臣聽說輕浮的思慮，不能治理國家；偏於一方的智慧，國君的地位難保。現在殺死忠臣，寵任小人，一定弄到群臣解體，戰士灰心，請陛下謹愼明察！」

秦二世不理他，叱責他退去，命令一名使者，拿著詔書，交給蒙毅。書中說：「先帝曾經想立朕為太子，卿屢次阻撓，究竟是什麼用意？現在丞相因為卿不忠，想降罪給你的整個家族，朕很不忍心，只賜卿死就好了，卿應當體貼朕的心意，趕快奉詔吧！」

蒙毅跪下來，說：「臣年輕時侍奉先帝，沐浴皇恩，特別被允許參議國家大事，先帝並沒有想立過太子啊！臣也不敢無緣無故就進言。而且太子跟隨先帝巡遊天下的時候，臣又不在先帝身邊，臣有何嫌疑，為何加罪給臣呢？臣不敢痛惜死亡，只恐怕親近的臣子迷惑君主，反而連累先帝的英明，所以臣不能不說啊！從前秦穆公殺三良，吳王夫差殺伍子胥，秦昭襄王殺武安君白起，這四國國君所作所為，都被後人所譏笑。因此聖明的帝王不殺無罪的人、不罰無辜的人，希望大夫你明察！」

這使者已經受到趙高的收買，而且奉君命行事，怎敢通融。等待蒙毅說完，使者拔起佩劍，順手一揮，蒙毅的頭已落地了。

秦二世又派使者來到陽周，賜蒙恬詔書，書中說：「卿所犯的罪太多太多了，卿的弟弟蒙毅又有大罪，賜卿死。」

蒙恬不甘心，氣憤地說：「從我祖父到我的子孫，為秦立功，已經超過三代了。

現在臣率領軍隊三十萬，身體雖然在牢獄中，但我的勢力仍然可以背叛秦的。我知道自己難免一死，不敢生叛逆之心，為的是不忘先帝的恩惠，不辱祖先。古代周成王年幼即位，周公臨朝輔佐政事，終於安定天下。等到成王生病，周公祈禱河神，把國書藏在金滕。後來周公的兄弟誹謗周公，成王信以為眞，差一點加罪給周公，幸好發現金滕藏書，流淚悔過，迎回周公，周的王室才又安定。現在我蒙恬一輩子保守忠貞，反而遭受重大的譴責，一定是孽臣作亂，迷惑國君的聰明。從前夏桀殺關龍逢，商紂殺王子比干，聽信讒言，拒絕勸諫，終於弄到滅亡的地步。我蒙恬在臨死的一刻，還想說幾句話，並非想逃避罪罰，實在是嚮往死諫的風尚，為陛下彌補缺失，請大夫幫我回命。」

使者說：「我只知道奉詔行事，不敢把將軍的話再傳給皇上知道。」

蒙恬望著天空，長長地嘆了一口氣，說：「我得罪了上天嗎？為什麼沒有過錯而死呢？」接著又說：「我知道了，我從前建築萬里長城，從臨洮到遼東，一路上穿鑿萬里，難保不挖斷地脈，這是我的罪過，死也應該了。」說完，仰藥自盡。

秦二世即位的第二年，秦二世也想學習他父親的行為，對趙高說：「朕還年輕，剛繼承大位不久，百姓未必畏懼順服，每每想到先帝巡行天下的郡縣，表示威德，制服海內，現在朕如果不出去巡行，正好表示儒弱，怎能安撫天下呢？」趙高滿口稱讚，隨同丞相李斯一同護駕。一路來到東海岸，在秦始皇所立的石碑旁，再立石碑，表彰盛德，最後遠到遼東，然後回都。

秦二世嚴定刑令，秦始皇留下的制度，不僅沒有修改，反而加重，朝廷內外都有怨聲。王室的公子們互相懷疑秦二世的繼位問題，這件事傳到秦二世的耳朵，秦二世心裡驚慌，對趙高說：

「朕即位後，大臣不服，官吏們服從強者，公子們還想和我爭奪皇位，如何是好呢？」

趙高沈默不言，秦二世問了兩三次，趙高才說：「臣老早就想說了，實在因爲不敢直接陳述，才沈默到今天。」趙高的眼睛偷窺兩旁。

秦二世心中會意，立刻屏去左右。趙高說：「現在朝上的大臣，多半是上一代的功勳。現在我趙高原本是低微輕賤的人，因爲蒙受陛下的提拔，升居上位，管理內政，各大臣雖然表面服從，但心中悶悶不樂，陰謀叛亂。如果不早點防範，設法捕殺，臣將會遭受死刑，陛下也未必久安。陛下如果想去除憂患，必須大振威力，雷厲風行，所有王室宗親和舊功臣一律除掉，另外進用一批新人，貧窮的使他們富有，低賤的使他們高貴，他們自然而然會感恩圖報，發誓為陛下盡忠，陛下就可以高枕無憂了！」

秦二世一聽大喜，說：「卿說得很好，朕當照辦。」

趙高小心翼翼地說：「這也不能無緣無故地捕殺，必須找個藉口，才能殺。」秦二世點點頭。

秦二世立即下令將公子十二人、公主十人，以及舊臣等多人捕捉起來，加給他們謀逆的罪名，來一個大審判，硬要他們招供。他們不承認，趙高乾脆捏造誣供，呈上秦二世。秦二世豈有不准的道理，一道聖旨下去，全部處死，當時牽連在內的有公子將閭等三人，他們稟性忠厚，對秦二世也沒有什麼批評的言論，但是秦二世派一名使者，來對他們說：「公子沒有盡臣子的本分，罪當死！」

將閭叫屈說：「我平時服務宮廷，從來沒有失禮過，進出朝廷，從來沒有失去節制；受命應對，從來沒有說錯話，什麼才叫做沒有盡到臣子的本分，要令我死呢？」

使者說：「奉詔行使法令，不敢說什麼。」

將閭仰天大叫，流著淚說：「天啊！天啊！天啊！我實在沒有罪！」就和另外兩位兄弟拔劍自殺。

另外有一名公子高，自料難免一死，就想出一條捨身保家之計，事先呈書給秦二世，書中說：

「從前先帝在位的時候，臣一入宮，先帝就賜給臣食物；臣一出門，先帝就賜給臣車馬；宮中的衣物，臣得到了；馬房的寶馬，臣得到了；臣應當陪著先帝一齊死卻不能，身爲人的兒子，卻如此不孝；身爲人的臣子，卻如此不忠。不孝不忠的人，不能活在世上。臣請求葬在驪山下，希望陛下哀憐吧！」

秦二世讀完，心想：「我正想除掉他，現在他卻來請死，省得我費心，我就照辦了。」轉而靈機一動，又想：「難道他會另有詭計，假意試我？」就把原書拿給趙高看。

秦二世問趙高說：「卿看此書，是不是眞的呢？朕想防止他另有詐謀，情急生變呢！」

趙高露出笑容，說：「陛下太多心了，一個臣子怕死都來不及了，還有時間叛變嗎？」

秦二世立刻批准原書，稱讚公子高孝思可嘉，應該賜錢十萬，作爲公子高的安葬費。這詔書一下，公子高想不死也難了，於是和家人訣別，服藥自殺，安葬在秦始皇的墓邊。至於公子高的妻子總算保全。總共秦始皇的子女等三十多人，全被秦二世殺死。

秦二世殺了宗室以後，以為從此可以無憂無慮，大大享樂一番，他下了一封詔書，書中說：

「先帝說咸陽朝廷太小，所以建阿房宮，還沒完成，先帝就駕崩，暫停工作，把人力物力轉移去建造先帝的陵墓。現在驪山的陵墓大功告成，如果捨棄阿房宮而不去完成它，則是彰顯先帝的所作所為太過分了。朕繼承先帝的遺志，不敢懈怠，再造阿房宮，不要疏忽！」

這詔書一下，老百姓又要忙碌起來。秦二世怕大臣利用民心造反，就號令天下，選武士五萬人，保衛宮廷。大批人力聚集咸陽，總是需要大批糧食。秦二世下令天下各郡縣，籌辦糧食，隨時運入咸陽，不得間斷。凡是咸陽三百里內的糧食，全部供給宮中用，不得在市場上賣出。這百姓原本窮困，現在糧食又買不到，除非去當阿房宮的役夫勉強過日，否則只有白白餓死。秦二世為了滿足個人的享受，對民間額外加徵，弄得天下不安，怨聲四起。

陽城縣有一名農夫，叫陳勝，年輕時家窮，幫人家耕田。有一天，他工作得筋疲力盡，坐在田壟上休息，忽然望著天空，一直嘆氣。旁人問：「你怎麼了，為何嘆氣？」

陳勝意志高昂地說：「你不必問我，我如果一朝得志，享受榮華富貴，也要你一起同樂，不會忘記你的。」

旁人笑著說：「你幫人耕田，和我一樣貧賤，還想什麼富貴呢？」

陳勝說：「小小的燕雀怎能知道大鳥的志向呢？」說完，看看日落西山，就收工回家了。

秦二世頒了一封詔書，要陽城縣的貧民到北方的漁陽鎮守邊疆。地方官奉命行事，湊足了九百多人，一一點名。在點到陳勝的時候，地方官看他身材高大，儀表堂堂，就任他當屯長。又有一名叫吳廣的人，身材魁梧，也命他和陳勝同為屯長，帶領大眾，前往漁陽。地方官特派將尉兩名，監督他們。

陳勝、吳廣帶領部卒，走了多天，來到大澤鄉。正好大雨不停，地面積水難行，弄得縣民怨聲載道，惶恐不安。

陳勝對吳廣說：「現在想去漁陽，路途遙遠，不是一兩個月就可抵達。報到的期限就快到了，屈指算來，恐怕我們會遲到，秦朝的法律，失期是要殺頭的，難道我們甘心去送死嗎？」

吳廣心動，說：「同樣是死，不如逃走算了。」

陳勝搖頭，說：「逃走不是上策，想想你我兩人，同在異鄉，往哪裡投靠呢？就是有路可逃，也會遭到官吏的毒手，捕殺了事。走是死，不走也是死，不如另外計畫大事，也許可以死裡逃生，享受榮華富貴。」

吳廣心中一驚，說：「我們無權無勢，怎麼計畫大事呢？」

陳勝說：「天下被秦國逼迫得很久了，只恨無力起兵造反。我聽說秦二世，本來是秦始皇的次子，不應該當皇帝的。長公子扶蘇，年紀大而且賢明，從前屢次勸諫秦始皇，觸怒他的父親，所以就被外調，到北方去監視軍隊。秦二世篡奪皇位，起意殺兄，老百姓都不知道，只知道扶蘇賢明，卻不曉得扶蘇是怎麼死的。還有楚國將領項燕，曾經立下戰功，愛護和養育士卒，楚人懷念他，至今不忘。有人說他已經死了，有人說他逃亡去了。我們如果想起兵，最好假託長公子扶蘇和楚將項燕的名義，號召群眾，倡導天下。我想這裡本來是楚國的邊境，人心怨恨秦朝的皇帝，一定聞風響應，前來幫助，大事可辦。」

兩人不敢冒昧行事，就先去問占卜的人，問明吉凶。那卜人燒香卜卦，算了半天，說：

「足下同心行事，一定成功，只是後來險阻重重，足下最好再問問鬼神！」兩人不再問下去，告別卜人。路上吳廣問：

「卜人希望我們再去問鬼神，這是教我們去祈禱吧！」

陳勝靈機一動，說：「是啊！是啊！楚人迷信鬼神，一定要假借鬼神的力量，才可以威服群眾，卜人教導我們，就是這個用意。」

吳廣說：「怎麼做呢？」陳勝把嘴巴湊近吳廣的耳朵，說如此如此。

當天晚上，陳勝寫了一塊帛書，偷出營門，跑到魚販那裡，把帛書塞入魚腹。第二天清晨，陳勝命士卒到那魚販家買魚，幾乎把全部的魚都買了。士卒運到廚房，用刀切割魚腹，準備作菜，忽然割到其中一條大魚，腹中有藏書，書上寫「陳勝王」三個字。大家都很驚奇，爭著來看，議論紛紛。

陳勝裝出很憤怒的模樣，說：「魚腹中怎麼會有書呢？你們竟敢亂講話，不知道朝廷的法律嗎？」部卒們不敢多說。

到了夜間，大家都入睡了。吳廣摸黑偷出軍營，帶著燈籠，躲在古廟中，假裝狐狸聲，叫出「大楚興，陳勝王」。這聲音順著風聲，傳入軍營，吵醒了大家，大家的心裡疑惑不安。監督士卒的將尉糊裡糊塗，只知道喝酒。吳廣趁著兩名將尉酩酊大醉時，闖入營帳，對將尉說：

「今日下雨，明日也下雨，看來不能再去漁陽了。與其逾期受死，不如事先遠逃，我吳廣特來稟報，今日就要走了。」

將尉勃然大怒，說：「你們敢違反國法嗎？想逃的就斬！」

吳廣鎮定地說：「你們兩人監督戍卒，奉令北行，責任重大，如果錯過期限，我吳廣等人應該受死，難道二位還能活嗎？」

其中一名將尉用手拍桌，連聲喊打。另一名將尉拔起劍來，向吳廣一揮。吳廣眼明手快，飛起一腳，踢落刀劍，順手拾起，搶前一步，把一名將尉劈死。另一名將尉正要從旁拔劍刺吳廣，躲在暗處的陳勝搶先持刀一揮，也劈死那名將尉。

陳勝、吳廣殺死兩名將尉以後，召集群眾，陳勝慷慨激昂地說：「各位來到此地，被雨所阻，一住就是好多天，等到天晴，就是連夜趕路，也不能如期報到，失期應該斬首，就算僥倖遇赦，也未必能活命。各位要想想，北方寒冷，冰天雪地，誰能忍受呢？何況北方胡人喜愛掠奪，難保他們不乘機侵犯。我們既然要忍受風寒，又要嘗受刀劍的迫害，還有誰能不死呢？大丈夫不死就算了，死也要有名有望，能夠冒死舉事，才算不虛此生，王侯將相，難道一定有特別的血統嗎？」大家聽了無不感動，也就聽命了。

陳勝宣令，國號大楚，自稱將軍，吳廣爲都尉，詐稱公子扶蘇和楚將項燕都在軍中，擔任主帥。他們到處攻城掠地，沿途百姓望風而降。

在江蘇沛縣有一名叫劉邦的人，他家世代務農，但是他卻不願作農夫，每天在外遊手好閒，成群結黨。等到他二十歲了，都不改本性，把家產拿去和朋友一齊吃喝玩樂。他父親勸他不聽，一氣之下，不給他衣食。劉邦不覺得可恥，竟然跑到他哥哥家去，勉強維持三餐。後來他哥哥早死，只剩他嫂嫂一名寡婦。有一天，劉邦帶了一群朋友，在中午時到嫂嫂家去作客。嫂嫂心懷怨恨，心生一計，急忙進入廚房，瓢刮鍋子，假裝菜飯已經吃完了。劉邦後悔來晚了，就硬著頭皮，把朋友送走了。劉邦轉身回到廚房，看到鍋上冒蒸氣，正在煮菜飯呢！劉邦嘆了一口氣，不說什麼，就走出去了。從此不到嫂嫂家去。

劉邦並沒有受過教育，幸好他交遊廣闊，有幾人爲他打算，教他去學習吏事。他的學習能力很強，很快就當上泗水亭長，判決里人的訴訟，並常常到縣衙門去跑公文。有一天，劉邦到咸陽去辦公事，看到咸陽宮殿巍峨，車馬雲集，嚮往之心油然而生。忽然看到皇帝的車馬經過，劉邦呆住了，嘆氣說：「大丈夫要像這樣啊！」

秦二世頒下詔書，命令天下各郡縣遣送犯人，到驪山來建築秦始皇的陵墓。沛縣的縣令就命令劉邦押送犯人前往。一出縣境，犯人逃走了好多名，劉邦竟不願追趕。有一天，劉邦對大家說：

「各位如果到了驪山，一定當苦役，看來最後難免一死，不能回故鄉，現在我釋放各位，給你們生路，好嗎？」

大家聽了很感動，其中有人說：「劉公不忍心我們送死，釋放我們，如此大恩大德，誓不忘記，但劉公如何回縣交差呢？」

劉邦笑著說：「你們都走了，我也只好遠逃，難道還回去交差找死嗎？」

有幾十位勇敢的人說：「像劉公這種大德，我們願意跟隨你，互相保護，不敢輕易捨棄。」

劉邦一副慷慨的樣子，說：「要走的，隨你們自由；要跟從的，也任由你們。」

劉邦帶著十多名壯士，抄著小路，趁夜逃走。忽然聽到前面有喧譁聲，劉邦問明原因，那走在前面的人說，有大蛇擋路，不如改走別的路。劉邦說：「壯士行路，難道怕蛇嗎？」說著，獨自前往，走了幾十步，見有大蛇，伸出舌頭，作吃人狀，劉邦拔起劍來，靠近蛇身，把蛇劈成兩段。大家暗暗佩服，繼續前行，正好有一人從後面走來，口裡一直嚷著說：

「怪事！怪事！」

劉邦好奇地問：「先生，有什麼奇怪的呢？」

那人說：「我剛才遇到一個老太婆在那邊哭，我問她爲什麼傷心？老太婆說有人殺她的兒子，怎能不哭呢？我又問她兒子怎麼死的？老太婆用手指著路邊的死蛇，說她的兒子本是白帝子，化身爲蛇，現在被赤帝子殺死，說完淚流不停，我想這老太婆一定瘋了，把蛇當作兒子，本來想罵她幾句，沒想到她忽然不見了，這不是怪事嗎？」

劉邦聽後，默默不語，心想：「難道我要做皇帝嗎？」就暫時帶著壯士到芒碭兩山去避難了。

自從陳勝起義，各地紛紛響應，沛縣也不例外。有一人名叫蕭何，和劉邦要好，他對沛縣縣令說：

「你是秦國的官吏，爲何要投降陳勝這一批盜賊呢？恐怕人心不服，反而引起變亂，不如召集亡民，收得數百人，便可以控制大衆，保守城池。」縣令依議。

蕭何又乘機說：「劉邦是一個有豪氣的人，可以作你的輔佐，如果赦免他逃亡的罪，召他回來，他一定會感恩圖報。」縣令也答應了，派遣一個叫樊噲的人去召回劉邦。

當時劉邦在芒碭小山，作了八九個月的山寨主，收納壯士一百多人，一聽沛令相招，心中大喜，就和樊噲同往沛縣。走到中途，忽然看見蕭何和一名叫曹參的人，喘氣奔來，劉邦問：

「兩位爲何前來呢？」

蕭何說：「從前請縣令召回你，希望能共同舉事，沒想到縣令忽然反悔，竟懷疑我們召你回到沛縣，一定有陰謀，特別下令關閉城門，準備殺我們，幸好我們跑得快，跳城出來，保存性命。現在只好想個辦法，保全家屬了。」

劉邦露出笑容，說：「承蒙二位不棄，屢次照料我，我怎能不報答呢？還好部眾已經有一百多人，暫時到城下察看形勢，再作打算。」大家來到城下，城門關得緊緊的。

蕭何說：「城中百姓未必服從縣令，不如先投信函入城，叫他們殺了縣令自立，免得遭受秦人的毒害。可惜城門不開，無法投遞，怎麼辦才好呢？」

劉邦說：「這有何困難呢？請你立刻寫好信函，我有辦法投入。」蕭何拿起筆來，寫成一信，信中說：

「天下受秦的迫害很久了！現在沛縣的父老兄弟，雖然有沛令守城，但是天下的諸侯紛紛起義，將來一定屠殺沛縣的人民。爲了各位父老兄弟們打算，不如大家把沛縣縣令殺了，改選賢明的人來響應天下諸侯，那麼家室就可以保全。不然，父子白白送死，於事何益？」

劉邦看了一下，說：「寫得好。」說完，把信加封，繫在箭上，對城上的守卒大喊著說：「你們不要再自討苦吃了，請快看我的信，就可以保住全城的性命。」一邊說，一邊把箭搭上弓，颼的一聲，箭已飛進城內。守卒看了信，和城內百姓商量，果眞把縣令殺死，大開城門，迎接劉邦。大家願意推劉邦爲沛縣縣令，背棄秦朝，獨立自主。

劉邦表現謙虛的風度，慨慷萬千地說：「天下正亂，群雄並立，現在如果不愼選將才，將來就會一敗塗地，後悔莫及，恐怕我道德淺薄，才能不足，不能保全父老兄弟，還請各位另外選賢能的人，才能計畫大事。」

大家見劉邦有謙讓的意思，就改推蕭何和曹參，但蕭何和曹參是文人，不知軍事，他兩人極力推舉劉邦為縣令，自願做輔佐。劉邦一再推辭。父老兄弟們齊聲說：「我們一向聽說劉邦有奇特的才幹，將來一定富貴，而我們也占卜過，都說劉邦你最吉利，希望你不要再推辭！」

劉邦不好再違背大家的心願，就當起了沛公，這時他已四十八歲了。

天下愈來愈亂，在楚地會稽郡，有一人名叫項梁，是楚將項燕的兒子。項燕被秦將王翦打敗，就自殺了。項梁遭逢國亡和父死的雙重打擊，一心只想報仇。項梁有個姪兒，名項籍，字子羽，又稱項羽，小時失去父親，依靠項梁維生。項梁要項羽讀書，項羽不喜歡，項梁只好讓他改學劍術，項羽學了一半，又停了下來。項梁很生氣，斥責他。項羽說：

「讀書有什麼大用處嗎？只不過記憶一些名詞罷了。學劍雖然可以保護身體，但也只能打敗一人。打敗一人和打敗千萬人，相差很遠。我想學打敗千萬人的東西。」

項梁一聽，怒氣全消，說：「你有如此大志，我就教你兵法。」

項羽大喜，專心研究，無奈他做事往往只有五分鐘的熱度，喜新厭舊，漸漸地又懈怠下來了。轉眼項羽二十歲了，身高八尺，眼神兇悍，傳說他力量能夠扛鼎，氣可拔山。有一天，那時秦始皇正在東巡，來到會稽，項梁和項羽跟著群眾，一齊去觀賞車駕。大家都說天子如何威風，項羽卻說：

「他雖然是個皇帝，據姪兒看來，卻可以取得，由我代替！」

項梁大驚，連忙掩住他的嘴巴，說：「不要亂說，如果被聽到，三代都要被殺頭。」項羽只好不說。

當陳勝起義時，會稽郡的人心沸騰。會稽郡守殷通素仰項梁的大名，派人前來召請項梁共同商議大事。殷通對項梁說：

「蘄陳等地方，都被陳勝占領，看來上天有意使秦朝滅亡。我聽說先發動攻勢的，就可以控制別人；後發動攻勢的，反而受別人擺布，不如乘機起事，你以為如何呢？」

項梁露出喜色，說：「你的意見很好，我贊成。」

殷通說：「起兵之前必須選擇將領，現在的將才沒有比你更適合的了。還有一名勇士，叫桓楚，也是一條好漢，可惜他犯罪逃掉了，不在這裡。」

項梁說：「桓楚在逃，很多人不知道他的行蹤，只有我姪兒項羽知道，如果召請桓楚前來，將如虎添翼，事無不成。」

殷通大喜，說：「令姪既然知道桓楚的行蹤，那就麻煩他走一趟，請桓楚一齊來。」

項梁很自信地說：「明天我會吩咐項羽進來拜見，聽你的吩咐。」說完，告辭回家，私下和項羽商量對策。

第二天清晨，項梁和項羽來到郡衙門口。項梁先入見殷通，報稱姪兒已到。殷通說：

「人在何處？」

項梁答：「羽在門外，沒有你的命令，不敢擅自進來。」殷通連忙傳進，項羽來到殷通面前，殷通看他長相雄偉，很喜歡，對項梁說：

「好一名壯士，不愧是項君的姪兒。」

項梁微笑，說：「一介蠢夫，何足過獎！」

正當殷通要命項羽去召請桓楚時，項梁向項羽示意，項羽立刻拔出懷中藏劍，搶前一步，向殷通一揮，人頭落地。項梁提著人頭，對大家說：「秦朝暴虐，郡守殷通貪污橫行，所以才設計除去奸人，計畫大事。」衆人驚慌，只好應命。從此，項梁自任將軍兼會稽郡守，項羽爲偏將，到處招兵買馬，成爲一支新勁旅。

天下紛紛，自從陳勝起義，各地起而響應，一時之間，楚、齊、燕、韓、趙、魏等六國再度出現，好像又回到戰國時代。陳勝儼然以楚王自居，也稱陳王，但秦二世起用大將章邯，抵擋了陳勝對關中的攻勢，不幸陳勝、吳廣也都因戰敗而死於非命。

有一天，項梁在營中，對大家說：「我聽說陳王已經死了，楚國不可無主，究竟應該立誰好呢？」正在議論紛紛時，忽然有一名老頭子求見，名叫范增，項梁傳他晉見。

項梁和顏悅色地說：「老先生千里迢迢而來，一定有所指教，願求明示。」

范增答：「我已經年老了，不足以談天下大事，但聽說將軍禮賢下士，捨己從人，所以特地來見駕，敬獻幾句話罷了。」

項梁說：「陳王已經逝世，新王未立，現在正籌畫此事，還沒有定論，老先生應該有高見，敬請直言！」

范增說：「我正爲這事前來，試想陳勝本來不是望族，又缺乏大才能，一時就想據地稱王，談何容易。他這次失敗，不值得可惜。自從秦併吞六國，楚國是最無辜的，楚懷王進入秦國而不能回來，楚人至今還在感傷。我聽說楚有個隱士南公，精通術數，曾說楚國雖然人口不多，但滅亡秦的一定是楚人。現在陳勝首先起事，不知立楚王的後代，妄自稱王，怎能不失敗、不滅亡？將軍起自江東，以前楚國的豪族，爭著歸附，都是因爲將軍世世代代是楚國的武將，所以竭誠盡忠，恢復楚國。將軍如果能順從輿論和民情，扶植楚王的後代，天下人都會聞風嚮往，投到將軍的懷抱，關中就可以打下來了。」

項梁大喜，說：「正合我意，現在聆聽先生的高論，更堅定我的信心，就這樣辦吧！」

項梁派人到處訪求楚王的後代，剛好找到一牧童，替人看羊，是楚懷王的孫子。項梁就把他迎回來，奉他爲楚懷王，以盱眙爲國都。當時劉邦轉戰各地，一時缺兵，聽說項梁兵強馬壯，就來向他借兵，項梁見劉邦雄姿英發，就格外禮敬，慷慨地借兵五千，將官十人。劉邦感激，願意和項梁合作，奉楚懷王的名義，抵抗秦兵。

這時秦二世寵任趙高，不親政事，而天下大亂，趙高恐怕秦二世知道，就心生一計，他對秦二世說：

「陛下貴爲天子，應該知道天子高貴的原因吧？」

秦二世呆住了，問：「卿的意思是……」

趙高從容不迫地說：「天子之所以稱貴，是因爲高高在上，深居密宮，只令臣下聽你的聲音，不讓臣下看到你的容貌。從前先帝在位，臣下沒有不尊敬害怕的，所以先帝能每天見到臣下，臣下也不敢為非作歹，亂說話。現在陛下繼位，才兩年，正是年輕，為什麼要和群臣商量國家大事呢？如果陛下言語有不當的地方，處置失宜，反使得臣下看輕，互相批評，這不是有辱陛下的神聖嗎？臣聽說天子稱朕，朕字的意義，解釋為朕兆，就是有聲無形的意思，使人信服但不能近身，但願陛下從今天開始，不必再上朝，只要深居宮中，讓幾個親近的臣子為陛下奏報，這樣才容易裁決，不會誤了大事。大臣看見陛下處事高明，就不敢隨便批評，用言語來試探陛下的心意，陛下就不愧是神聖的君主了。」

秦二世認為趙高說得有理，就樂在宮中，把國家大事委任趙高全權辦理。趙高一旦掌權在手，他知道李斯是一個絕頂聰明的人，也是他政治上最強的敵人，因此趙高繼續進行他的下一步計畫，他去拜訪李斯，故意談到天下大亂，李斯一聽，皺眉嘆氣。趙高一副莊重的神情，說：

「關東地區盜賊如毛，警報每天都傳到咸陽，但是皇上卻放縱淫樂，徵調人民，修築阿房宮，採辦珠寶奇物，充斥宮廷，不知反省。君侯身為丞相，不像我趙高服務宮中，人微言輕，奈何丞相坐視不言，忍心使國家危亂？」

李斯感慨萬千，說：「並不是我不願進諫，實在是因為皇上深居宮中，連日不上朝，叫我如何面奏。」

趙高說：「這有什麼困難？等我打聽皇上閒暇時，立刻來報告君侯，君侯就可以進諫了。」李斯答應。

過了幾天，趙高派人通知李斯，催他進諫。李斯興匆匆地來到宮前，求見皇上。秦二世正在宮中宴飲，快樂無比時，忽然宦官報李斯求見，大為生氣，說：「有什麼要事，值得破壞我的酒興，快叫他回去，改天再來。」李斯只好回去。偏偏趙高又派人來催促他趕快進諫，可是又碰了一鼻子灰，一連三次都如此。趙高乘機對秦二世說：

「丞相李斯很早就希望得到一塊土地，做個王，但都不得志，所以他和他的長子李由私下造反。現在一連三次前來求見，一定有陰謀，不可不防。」秦二世一聽，不肯相信，猶豫不決。

趙高加油添醋，說：「楚盜陳勝等人，都是丞相的故鄉子弟，為什麼能夠橫行天下，而沒有聽說李由去討伐他們呢？這就是證據了。請陛下立刻拘捕丞相，不要留下禍患。」

秦二世仍然不信，派人去調查，趙高暗中買通調查員，要他陷害李斯父子。李斯一聽到秦二世派人來調查李由的事情，心中不滿，知道趙高陷害他，就上書彈劾趙高，秦二世看了李斯的奏書，就對左右說：

「趙高爲人，清廉能幹，下知人情，上合朕意，朕不信任趙高，又要信任誰呢？丞相心虛，還來彈劾趙高，難道不可恨嗎？」說完，就把原書丟回來。

偏偏李斯不死心，又聯合右丞相馮去疾、將軍馮劫，三人聯名上書，請皇上停止修建阿房宮，減少天下的徭役，還批評趙高。秦二世一看，惱羞成怒，說：

「朕貴爲天子，照理應該盡心享受，爲所欲爲，重用刑法，使臣下不敢爲非作歹，然後才能控制天下。試看先帝以王侯起家，兼併天下，外抗四夷，用來安定邊境，內築宮室，用來尊重體統，功業輝煌，有誰不服？現在朕即位兩年，群盜並起，丞相等人不能禁止，反而想把先帝所作的事業全部停止，對上不能報答先帝，其次又不能對朕盡忠，這種玩弄國法的大臣，還有什麼用呢？」趙高在旁邊，偏知湊趣，請皇上將三人一同罷官，下獄論罪。秦二世立刻批准。

馮去疾和馮劫兩人不願受辱，自殺了事。只有李斯還想活命。趙高命人嚴刑拷打，逼李斯認供。李斯雖然聰明，卻貪生怕死，受不了刑供，就認供了。趙高命人將供書拿給皇上，秦二世一看，很欣慰，說：「如果沒有趙高，幾乎被李斯出賣了！」

立刻下令李斯慘受五種刑罰而死，並斬殺父、妻、子三族。可憐的李斯，全家族都被押到法庭上。李斯凝視著次子，說：「我想和你再牽著黃狗，臂著蒼鷹，走出上蔡縣的東門外去捕捉狡兔，已經不可能了。」說完，李斯痛哭不已，次子也哭了，全家族都跟著哭了。刑官來到，先把李斯的臉上刺字，再來割掉鼻子，其次割掉左右趾，其次砍頭，最後把身體剁成肉醬，總共用了五種刑罰，李斯的家族全部被殺。從此以後，趙高代替李斯成爲丞相。

自從項梁在會稽郡起義後，人心歸附，成爲當時最大的抗秦勢力；無奈他志得意滿，輕視秦將章邯，以致兵敗身死。這時，楚懷王說：

「秦始皇暴虐人民，天下怨恨。現在秦二世殘暴無道，自取滅亡，前一陣子項梁往西進攻，戰無不勝，不幸中途失計，忽然遭遇挫敗，現在我們打算再接再厲，誓滅暴秦，請問誰敢擔當這種責任？」個個將領默不作聲。

楚懷王大聲宣布：「各位聽著，今日無論是誰，只要能帶兵往西，首先入關，就立他爲秦王。」

劉邦立刻挺身而出，說：「末將願往！」

項羽不甘寂寞，隨後也說：「我也願去！應該讓我先去。」

兩人都要去，使得楚懷王左右爲難，沈吟半天。

項羽大義凜然地說：「叔父戰死在定陶，仇恨未報，末將是他的姪兒，絕不罷休。現在願請兵數千名，復仇雪恥，就算劉邦願意同行，末將也答應，前去殺賊。」

楚懷王語氣緩慢地說：「兩將能同心滅秦，還有什麼話說？現在部署兵馬，選擇日子啓程。」

等到劉邦、項羽告退，有人對楚懷王說：「項羽爲人剽悍殘忍，上一次進攻襄城，打了一個多月才攻破，他因爲日久懷恨，就放縱士兵屠城，把襄城百姓殺得一個不留。後來轉攻城陽，又任意殘殺全城人民。所過地方，沒有不殘酷地對待人民，如此殘暴，怎麼好讓他率領軍隊？何況楚兵起義以來，陳王項梁都沒有成功，這是因爲以殘暴代替了殘暴，不能使人心服，所以最後都要失敗身亡。現在既然決定攻秦，不應只是靠武力，必須有個忠厚仁慈的人仗義西行，沿途約束軍士，安撫父老，不是萬不得已的話，不可殺人，那秦地的百姓，受秦朝統治的痛苦很久了，如果義師前去，除暴救民，百姓自然拿出食物歡迎，沒有不想服從的。所以爲了大王打算，絕不可派遣項羽，寧可只派劉邦，劉邦寬大有名望，一定不像項羽那麼殘暴。」

楚懷王說：「我知道了。」

第二天，楚懷王要項羽暫時留在彭城，不必和沛公劉邦同行。項羽不服，正要和楚懷王理論，剛好趙國使臣求見。這趙國使者是來向楚國求救兵的。原來秦朝良將章邯威猛無比，自從打敗項梁之後，認爲楚不足爲患，就去進攻趙。當時趙王歇派將軍陳餘抵抗，但被章邯大軍打敗，退到鉅鹿，趙相張耳奉著趙王歇進入鉅鹿城，命陳餘在城北屯營，保護城池。趙國實在是危急萬分。

楚懷王把這消息宣告各位將領。項羽正想殺掉章邯，替叔父報仇，立刻請命前往救趙。楚懷王說：「這趟正要麻煩你了，你必須有人同行，才慰我心。」就命宋義爲上將，是全軍的主帥，而項羽只被命令爲次將，范增爲末將，率兵數萬，前往救趙。另外，劉邦也率兵進攻關中。

宋義掌握了救趙軍的兵權，就逗留在安陽，不肯進兵。項羽報仇心切，對宋義說：

「秦兵圍趙很急，我軍既然來援，應該儘快渡過黃河，和秦決戰，我軍爲外合，趙軍作內應，便可消滅秦兵，爲什麼長留在此，坐失良機呢？」

宋義答得很妙，說：「你錯了！我們應該從大處著手。現在秦兵攻趙，就算秦戰勝，士兵也一定疲倦了，我軍正好乘機進攻，不怕攻不破。如果秦兵不能勝趙，我軍就往西進攻，直入秦關，還管章邯做什麼？我之所以按兵不動，就是要等待秦、趙兩軍決一勝負，才決定是進是退，你又何必性急，暫時按兵不動才好。總之，陣前作戰，我不如你；戰略計謀，你還不如我呢。」說完，還鼓掌大笑。

項羽懷恨而去。不久，宋義頒下軍令，說：「威猛如虎的、貪心如狼的，都不可任用，都要處斬。」項羽一聽，等於在說他自己，更氣得暴跳如雷。宋義樂得和各將領大吃大喝，談笑自如。然而此時天氣寒冷，雨雪飄飛，士兵們卻挨餓受凍。

項羽乘機對大家說：「我們冒著寒冷前來，實在是爲了救趙破秦，爲什麼久留此地，不往前進呢？現在人民貧困飢餓，軍營也沒有糧食，而還有人飲酒聚會，不想引兵渡河，取得趙國的糧食，聯兵攻秦，反而說要趁秦兵疲勞時再進攻。試想秦兵強悍，攻打一個剛建國不久的趙國，那是很容易的。趙國一滅，秦國反而更強，還說什麼趁著秦軍疲勞而進攻呢？何況我國剛打敗仗不久，主上坐立不安，發動全國士兵，委託上將軍，國家安危，在此一舉。現在上將軍不照顧士卒，只爲私人打算，這還算是國家的大臣嗎？」大家一聽，全體贊成。

第二天早晨，項羽藉著晉見的名義，走入宋義的軍帳，宋義正在洗臉，項羽不動聲色，走近他的身邊，一刀將之殺死。

項羽提著人頭，走出營帳，宣告說：「宋義和齊國私通，謀叛楚國，我奉楚王的命令，已經將他殺死。」

有將士附和說：「早先建立楚國的，是出自於將軍的家族。現在將軍殺亂賊有功，應該代替上將軍的職務，統治全營。」

項羽說：「這必須稟告我王，等候旨意。」

將士說：「軍中不可無主，將軍不妨暫代職務，再等候王命不遲。」項羽也樂得答應。

項羽得到軍權，揮軍北上，攻打章邯的秦軍。項羽下令將士，要他們各自奮戰，不必顧慮其他人，違者斬首。於是楚軍個個拚著命，只知殺人。章邯所率領的秦軍，曾經吃過項羽不少苦頭，這次聽到項羽率領大軍來解趙國之危，不由得心驚膽戰，不戰就先敗了。雖然章邯鼓勵將士作戰，但卻敵不過項羽。秦軍步步後退，章邯把戰情傳入咸陽，趙高獨攬大權，把章邯的奏報隱藏起來，偏偏有一些宦官，交頭接耳，談論著章邯失敗的消息，被秦二世知道了。

秦二世宣召趙高入宮，說：「章邯戰敗的消息，卿可知道嗎？」

趙高有意掩飾，說：「現在朝廷兵馬多歸章邯一人調遣，臣身爲宮廷的輔佐，不能遠察軍情，章邯也沒有什麼軍報，不過是最近傳來風聲，說他損兵折將，究竟如何，也未可知。臣正想報告陛下，沒想到陛下耳聰目明，事先知道，臣想關東的盜賊，多是烏合之衆，爲什麼章邯擁有重兵，還不能平定，請陛下降旨，好好督責他，以免失誤。」秦二世認爲趙高忠良，就接納他的意見。

章邯接到詔書，憂憤交加，就派遣司馬欣到咸陽去面奏事實。司馬欣來到朝廷，只有趙高作主，而趙高又閉門不見。司馬欣等了三天三夜，仍然沒有得到召見的機會，就賄賂守門官，探究底細，才知道趙高暗中嫉妒章邯。司馬欣急忙逃出咸陽，向章邯報告。

司馬欣說：「趙高專權用事，對將軍不利，將軍有功要死，無功也要死，請將軍自己想好辦法。」

章邯聽後，悶悶不樂，嘆息不已，忽然接到一封信，信中說：「章大將軍麾下，我聽說白起爲秦將，南征鄢郢，北殺馬服君，攻城掠地，不可限量，最後竟被賜死。蒙恬身爲秦將，北逐匈奴，開闢榆中地區數千里，竟在陽周被賜死，爲什麼呢？功勞多的，秦國不能全部封給他們官爵，所以用法律來殺他們。現在將軍身爲秦將有三年了，所喪失的兵卒不下十萬，而各國諸侯並起，現在更多，趙高只知諂媚君主，現在大事危急，也恐怕秦二世殺掉他。因此，趙高可能利用法律殺掉將軍，來推卸責任，派遣別人來代替將軍，以便逃避禍害。現在將軍在外日久，一定有很多內隙，無功當然要殺，有功也要殺。上天要滅亡秦，無論聰明或愚昧的人，也都知道，現在將軍對內不能直諫君主，對外又是亡國將軍，孤單獨立，而想長久存在，難道不悲哀嗎？將軍爲什麼不停止戰爭，和諸侯聯盟，共同攻打秦，還有稱王的機會，這不是比自己被殺頭和妻子兒女被抄斬要好嗎？希望將軍好好打算，趙將陳餘叩首。」

章邯讀完，大爲感動，命一使者到項羽營中求和。

項羽拍桌大怒，對使者說：「章邯殺我叔父，仇恨未消，我正要砍章邯的頭，祭我的叔父，他還敢向我求和？本來應該先殺了你，今日暫時借你的嘴巴回去報告，叫章邯快來送死，還可以赦免你們全軍！」使者狼狽逃回，報告章邯，章邯心中憂愁不堪。正在這時，突然有一個偵探兵進來營中。

偵探兵說：「楚兵由蒲將軍率領，就要進攻我們的營區了。」

章邯連忙說：「絕不可讓他進逼我們營區。」說著，派兵去抵抗。

但這時項羽引著大隊人馬，隨著蒲將軍之後，殺奔秦營，秦兵大亂，四散奔走，秦軍都尉董翳勸章邯投降。

章邯說：「項羽念著舊仇，不肯收納，怎麼辦？」

董翳說：「司馬欣和項羽有交情，不如讓他去遊說。」

司馬欣來到項羽營中，勸項羽捨私爲公，加上楚國末將范增的調解，項羽就答應了。章邯見項羽一來，就跪在路邊，項羽傳令免禮。

章邯起立說：「邯身爲秦臣，本來想效忠秦國王室，但是趙高用事，秦二世聽信讒言，秦朝滅亡就在早晚之間，邯不願隨秦滅亡。現在仰慕將軍的神威，戰無不勝，除暴安良，入關稱王，除了將軍之外，還有誰呢？邯早就想選擇明主而服務他，只是以前觸犯將軍，自知背負重罪，一時不敢來投靠。現在蒙受將軍赦免，恩同再造。邯發誓要盡力圖報！」一邊說，一邊流淚。

項羽安慰他，說：「你不必多心，既然知道離開叛逆，投順忠良，我也不能因私忘公，如果能因此滅秦，富貴與共，絕不食言！」章邯拜謝。項羽立邯爲雍王，要他留在營中，自己率領楚軍和各國諸侯的軍隊，進逼關中。

在劉邦這一面，行軍順利，沒有遭到太大的抵抗，很快就來到武關。這武關守將看見劉邦大軍突然殺來，嚇得不敢抵抗，把一座關城讓給劉邦。劉邦立刻入關，消息傳到咸陽，趙高心如熱鍋之蟻，於是心生一計。趙高對秦二世說他準備獻馬給皇上。

秦二世說：「丞相來獻，一定是好馬，可派人牽來。」趙高派人牽來，秦二世一看，是一隻鹿。

秦二世笑一笑，說：「丞相說錯了！爲什麼把鹿當作馬？」

趙高一直說是馬，秦二世不信，問左右的人，左右都不敢講話。秦二世窮問不捨，才有幾個臣子說是鹿。不料，趙高一氣而走。過幾天，那幾個說是鹿的臣子，都被趙高害死了，弄得朝廷大臣沒有一個不怕趙高的。現在劉邦進入武關，派人送信給趙高，要趙高投降。趙高想不出對策，只好假裝生病，不去朝廷了。劉邦入關的消息，很快傳到秦二世的耳朵，秦二世大驚，派人責備趙高，叫他快點派兵，滅掉盜賊。

趙高見大勢已去，心生一計，就找來弟弟趙成和女婿閻樂。

趙高對兩人說：「皇上平日不知道消滅禍亂，現在時機危急，就想加罪給我們家族，我難道就束手待斃，等待抄家滅門嗎？現在只有先下手爲強，改立公子嬰。嬰性情仁慈節儉，人民樂於服從，也許能轉危爲安。」趙成和閻樂都聽命於他。

趙高說：「趙成作內應，閻樂在外合，不怕大事不成。」

閻樂遲疑，說：「宮中有衛兵，怎麼進去？」

趙高答：「只說宮中有叛變，引兵捕賊，就可以闖進宮了。」

閻樂率軍來到宮門，對衛兵長說：「宮中有賊，你還假作不知嗎？」

衛兵長說：「宮外都有衛隊駐紮，日夜巡邏，哪來的賊竟敢入宮！」

閻樂大怒，「你還敢強辯嗎？」說著，順手一刀，把衛兵長殺了，立刻闖入皇宮。那宮中的衛士前來抵抗，但寡不敵衆，都被殺死。趙成從內和閻樂會合，一同入內殿。閻樂放箭穿入秦二世的座帳，秦二世大驚，命左右護駕，結果左右都逃到外面去，秦二世躲入臥室，看看旁邊，只有太監一人跟隨。

秦二世問：「你爲什麼不早告訴我，現在怎麼辦？」

太監說：「臣不敢說，所以還能活到今天，否則早就死了。」

閻樂追入臥室，對秦二世破口大罵，「你驕奢放縱，沒有道德，濫殺無辜，天下人已經反叛你，請你快點自我打算吧！」

秦二世說：「你是誰派來的？」

閻樂答：「丞相。」

秦二世狼狽地說：「我能見丞相一面嗎？」

閻樂態度驕傲，說：「不行。」

秦二世低聲下氣，說：「根據丞相的意見，一定想要我退位，我願退作一個王，不敢再稱皇帝，可以嗎？」

閻樂答：「不行。」

秦二世又說：「既然不允許我做王，就做一個萬戶侯吧！」

閻樂趾高氣揚，說：「不行。」

秦二世痛哭起來，說：「但願丞相放我一條生路，我願和妻子同爲平民。」

閻樂瞪大眼珠，說：「臣奉丞相的命令，爲天下殺你，你多言無益，臣不敢回報。」說著，正要殺秦二世。秦二世自知死路一條，就先拔劍自殺了。秦二世死時二十三歲，在位才三年。

趙高害死了秦二世，就把公子嬰抬出來，義正辭嚴地對大家宣布：「二世不肯聽從勸諫，放縱暴虐，天下離心，人人怨恨，今天已經自刎了。公子嬰仁厚待民，應該繼位。只是我們秦本來是一個王國，從始皇帝統治天下，才稱皇帝的，現在六國復興，海內分裂，秦的土地比以前更小，不應再沿襲帝號，可仍照以前稱王的方法。」大家聽了，不敢有反對的意見。

公子嬰雖然被立爲秦王，心想趙高殺死君王，大逆不道，恐怕將來他會篡位也說不定。

公子嬰對自己的兩個兒子說：「趙高敢殺二世，難道還怕我嗎？只是他布置未妥，暫時利用我做個傀儡，將來會把我廢掉。我不先殺趙高，趙高一定殺我。」兩個兒子聽了，嚎啕大哭。

這時，有一太監韓談快步進來說：「可恨丞相趙高，派使者往楚國軍營求和，準備大殺王室，自稱爲王，和楚軍平分關中。」

子嬰輕聲細語，「我本來就料到他不懷好心，現在要我齋戒數日，入廟祭告祖先，明明就是想在廟中殺我，我應當藉口生病不去，免遭毒手。」

韓談說：「公子只說有病，還不是好辦法。」

子嬰心生一計，說：「我如果不去告祭祖廟，趙高一定自己來請，你和我兩個兒子事先埋伏在兩邊，等他晉見，就出來刺殺他，永遠滅除此一大患。」於是三人領命，依計而行。

趙高派人到楚營，準備和劉邦談和，但劉邦不答應，趙高一肚子火，忍在心裡。偏偏子嬰又稱病，不來告廟。

趙高生氣說：「今天是什麼日子，還能不到嗎？我親自去看看。」

趙高進宮，看到子嬰趴在桌上假睡，就大聲說：「公子現在已經身爲君王了，應該儘快入廟祭告祖先，爲什麼不去呢？」話還未說完，兩旁跑出三人，韓談搶快舉刀一砍，趙高人頭落地，子嬰的兩個兒子又刺了幾刀。子嬰立刻召集群臣，數落趙高的罪惡，群臣都稱讚子嬰英明。趙成、閻樂等趙高家族也都被處死。事後，子嬰立刻派兵遣將，守住嶢關，抵抗劉邦的攻勢。

劉邦率兵進攻嶢關，謀士張良說：「秦兵還強，不可輕攻。良聽說守關的秦將，是一個屠夫的兒子，貪財好利，願沛公暫時留在營中，只派人帶著金銀財寶，去賄賂秦將，另外在嶢關的四周，登山張揚旗幟，假裝疑兵，秦將內貪財寶，外怕強兵，還有不投降的嗎？」劉邦認爲可行。一方面派兵數千，悄悄上山，布置旗幟，秦將一看，以爲滿山皆兵，心中一驚。另一方面劉邦又派謀士酈食其，帶著珍品，去見秦將。

酈食其對秦將說：「沛公素仰大名，所以準備禮物，以致敬意，通告將軍，將軍試想今天秦朝還能長存嗎？將軍如果孤守關中，願爲秦犧牲，那麼沛公有精兵數十萬，會和將軍決一勝負。聽說將軍明察事機，知道利害，所以先禮後兵，請將軍明示。」秦將一口答應，願和劉邦聯合，攻打咸陽。

劉邦聞報大喜，就準備和秦將訂立盟約，張良說：「不行！不行！」劉邦問明原因。

張良答：「這只是秦將一人貪圖利益，輕許諾言，他的部下未必順從。如果我們和他聯合，入關同行，萬一他的部下叛變，偷襲我軍，這不是很危險嗎？最好是趁他不備，立刻掩襲，一定大獲全勝。」

劉邦連聲說好，就命部將周勃，帶領兵士繞過嶢關後面，偷襲秦營。秦將以爲楚軍必來立約，安心等待，哪裡知道周勃從營後殺來，秦將正感到莫名其妙，措手不及，便被周勃所殺。

劉邦率領楚軍，通過嶢關，直衝咸陽。子嬰焦急得很，忽然接到劉邦的招降書，心想事到如今，也只好投降了。子嬰就駕著白車，騎著白馬，用帶子套在頸上，捧著傳國玉璽，流淚走出咸陽城外，等待劉邦進城。劉邦威風八面，來到子嬰面前，子嬰跪下來，低頭求降。秦帝國自秦始皇起，到子嬰亡國，共十五年。

【下 篇】

是非爭議

一、始皇的才識性格論

一個人的性格和才識是塑造一個人的主觀力量，但是歷史上的文人在評論秦始皇的時候，多注意他的外在表現，以致忽略了其內在精神。雖然史料缺缺，但是更應該去將它所缺失的展現出來，以補不足。

戰國末年尉繚說（《史記・秦始皇本紀》）：「秦王政是一個冷酷無情的人，和老虎野狼差不多。當情勢不利於他的時候，他不惜低聲下氣，對人很和好，可是一旦形勢改觀，他志得意滿的時候，便會無情地把別人踩在腳底。他現在還肯謙恭地聽我說話，可是等到他得到天下以後，他會暴戾得使所有人都成爲他的俘虜，這種人不可長久和他在一起。」尉繚的話外表似乎在貶秦始皇，但無意中也說出秦始皇的優點和聰明，具有理智，會裝出謙恭的外表贏取人心，能夠隨機應變。這些都是一位從政者所應有的必要條件。燕國太子丹說：「秦王政貪得無厭，早就有兼併六國統一天下的野心；如果不能占盡天下的土地，征服各國諸侯，他是絕不罷手的。」太子丹和秦始皇是仇敵，他一方面貶秦始皇貪心不足，卻在另一方面說出秦始皇崇高的理想——統一天下。盧生說（《史記・秦始皇本紀》）：「秦始皇為人，天生剛愎自用。自從兼併天下後，就志得意滿，自以為從古到今，再也沒人比他更偉大。什麼事都獨斷獨行，朝中七十位博士，僅是拿薪水而不受秦始皇重用。丞相和大臣們只能做些現成的事。秦始皇個人用刑罰殘殺來顯耀自己的威權，群臣都怕獲罪而只求自保，誰也沒有盡忠衛國的心。如今我們為他尋仙求藥，只是為他個人的延年益壽，長生不死。如果求得的藥不靈，我們絕對難免一死，又何必冒生命的危險，為他求藥呢？不如早日逃生才對啊！」秦始皇雖然喜用刑罰立威，但並非沒有法外留情的事件，譬如秦始皇赦免趙高死罪一事，可見始皇並非完全依法行事，不是完全理智的人，人總是有偏好的感情。

漢代時，高祖劉邦曾說：「男子漢大丈夫，就要像秦始皇一樣威風。」劉邦以自己想稱霸天下的心理，來形容天下的男人都想當大英雄。如果不像秦始皇，豈是男子漢大丈夫？眞是挖苦了絕大多數的男人。

近人毛澤東（引自王思誠著《毛澤東與紅禍》）說：「秦始皇不夠絕頂聰明，有兩件事他做錯了。第一他不該焚書坑儒，顯得過分殘暴，而引起衆怒。對於知識分子，他應該分別處理，對聰明才智與自己有妨礙的，可以擇尤而殺；其餘可以折磨之、籠絡之，使他們畏威懷德，不得不聽話就夠了，坑得過多，無人可供利用，政策政令無人推行，那不是給自己爲難嗎？何況還要引起反感。第二他不該利用太聰明的人，如李斯、趙高，其聰明才智僅次於自己，放在身邊，無疑是一大威脅。當他在世時，固然還可以駕馭，但等到他死了以後，秦二世就不保了。」毛澤東的話透露了人類自私的心理。秦始皇焚書坑儒，毛先說他過分殘暴，而後又說對聰明才智與自己有妨礙的，應該殺掉，這不是承認殘暴的手段是必要的嗎？更絕的是，批評秦始皇不可以利用太聰明的人，這是爲一己之私呢？還是爲國家長久打算呢？與其說毛在批判秦始皇，無寧說他在批判自己的心理。鄒紀萬在《秦漢史》上說：「秦始皇幼時跟隨母親，在趙國度過一段逃難般的困苦歲月，相當受人輕視。少年繼承大位，看到母親的恣肆淫放，又經常處在政變篡弒的疑懼中，精神發育自難正常。所以在親政之後，立即圖謀報復，建立自己的威嚴。恰巧秦國傳統的法家路線，強調君主擁有至高無上的權威，他要發展絕對獨裁的意志，不會有任何阻礙，結果便養成『少恩而虎狼心』的殘忍、暴戾性格，以及予智自雄、率意任性的自大狂心理。」對於秦始皇利用法家理論建立自己的霸業，這是對的，就和毛澤東利用馬列主義建立霸業如出一轍。但是秦始皇殘忍暴戾的性格，並不是因爲利用法家理論才形成的，而是法家的理論、嚴刑重罰等符合秦始皇的殘忍性格，那法家理論只能成爲秦始皇表現自我的藉口和工具，就像馬列主義成爲毛澤東施行暴政的理論根據一樣啊！鄒紀萬說：「秦始皇討厭儒家修身、齊家、治國、平天下的理論，最痛恨人民批評他的政事，所以不讓人民有說話的餘地。學者們談論詩書都要殺頭，以古非今就更不得了了，非夷滅三族不可，他箝民之口的厲害，眞是獨一無二。因此在他的朝廷中，哪裡有什麼眞正的忠臣義士，他所樂用的是李斯、趙高之流的角色，這樣的君道政事，哪能長久？」的確，秦始皇不能以儒家的仁道來安撫人心，實在是一大缺失。如果他能融合儒、法兩家的思想，交相運用，相輔相成，就像以後漢武帝一樣，穿著儒家仁義的外衣，保存法家內在的精髓，試問秦國哪會如此快速地滅亡？鄒紀萬說：「他驕狂自大的個性也充分表現在宇宙觀方面，他認爲自己是神的化身，他的天下應該萬世不變，在他之後，要二世三世千萬世傳之無窮……同時他認爲即使是鬼神也應該對他敬畏，他的責罰同樣施於人世之外，例如始皇二十八年，他南巡渡長江至湘山，遇到大風，他認爲是湘山之神搗亂，便派刑徒三千人把湘山的樹木砍伐淨盡，以示懲罰。三十七年，他夢見和海神作戰，於是命令入海者攜帶捕魚工具，自己用連弩等候大魚出來射之。在他心目中，天地萬物都必須逢迎他，人民自不必說。」鄒紀萬的話是對的，但是秦始皇眞的不怕神嗎？鄒紀萬說：「秦始皇是一位多神論者，相信天神地祇人鬼無所不有。封泰山、禪梁父，聽信一般方士的鬼話，求神仙，尋仙人，覓不死之藥，迷信的濃厚程度實在驚人。」迷信鬼神本來不是很嚴重的錯誤，但是秦始皇不致力於現實政治的改善，過分追求來世的夢想，不能不說是一大失策。鄒紀萬說：「秦始皇是一位縱慾主義者，敢於極端享樂，過著窮奢極侈的生活，浸潤在銷魂蝕骨的聲色中，廣造宮室、五大巡行都是他空前的大享受。從迷信鬼神、縱慾非命的方面來看，他充分具有神仙家及末流道家縱慾派的思想和色彩，眞是光怪陸離。」秦始皇的縱慾任性固然是對的，但是他也有自制的一面，這點在後記中會有說明。

二、統一天下論

秦始皇能夠統一天下的原因，文人多認爲是客觀環境使然。此一客觀環境相對於始皇的主觀才性。漢人賈誼就以爲統一天下是民心的歸向，而對始皇的主觀條件則予以忽略。他在〈過秦論〉上說：「秦王兼併六國，征服海內，南面稱帝，統治天下。天下士民無不表示歡迎，爲什麼會如此？因爲當時天下無主已很久了。周王朝積弱不振，王室地位卑微，各國諸侯都沒有把周天子看成天下的共主。加上五霸的倏興倏滅，令不行於天下。各國諸侯崇尙武力，於是強凌弱、大吃小，戰亂不停，人民從軍納稅，疲於奔命。而今秦王統一天下，也就是上面有了天子。人民也希望從此安居樂業，不再因戰亂而喪身送命，所以他們對於統一的國家歡迎之至。」

漢人嚴安也重視客觀環境的因素，他認爲天下統一是因爲諸侯戰亂，百姓苦不堪言。他說：「五霸之後，再沒有出什麼聖君賢主。周天子卑微積弱，不能號令天下。各國諸侯任意妄行，無法無天。自從田常篡齊，三家分晉，中國歷史上進入戰國時代，人民生活就更苦了。強國以征戰爲治國之本，弱國以自保爲立國之道。合縱連橫，遊說之士，風雲際會，而經年累月交戰於疆場上的士卒，連鎧甲都生了蝨子，一般人民的痛苦，更是呼天不應，叫地不靈。及至秦王政崛起，蠶食天下，併吞六國，自進爲皇帝，統一海內政令，併呑諸侯領域，銷毀兵刃，鑄爲金人，表示不再用兵，一般人也以爲欣逢天子，可免戰國時代的紛亂，從此人人得以重生了。」

宋人蘇轍也重視現實環境的因素，他覺得秦滅六國的原因在於地理戰略上的條件，他在〈六國論〉上說：「秦王和諸侯爭天下的重點不在於齊、楚、燕、趙上，而是在於韓、魏的邊境上。諸侯和秦國爭天下的焦點，也不在於齊、楚、燕、趙上，而是在韓、魏的邊境上。韓、魏的存在對於秦，就好比是人在心腹上有了疾病一樣。韓、魏塞住了秦的要道，卻屏障了殽山以東的諸侯，所以天下所重視的莫過於韓、魏兩國了。從前秦用范睢，便打韓國；秦用商鞅，便打魏國。秦昭襄王沒有得到韓、魏的歸心，卻反而出兵攻打齊國，范睢因此而擔心，那麼秦國所顧忌的，可以看得出來了。秦在燕、趙上用兵，是危險的事。越過韓、魏去攻人家的國都，而燕、趙在前面抗拒他；韓、魏乘機在後面打擊他，因此這是危險的作法。但是秦攻打燕、趙，不曾擔心韓、魏，是因爲韓、魏已經歸附秦的緣故。韓、魏是諸侯的屏障，卻讓秦人自由出入他們的國境，這哪裡是知道天下的大勢呢？委棄小小的韓、魏，讓他們去抵擋虎狼一般的強秦，怎能不屈服而倒向秦呢？韓、魏屈服而倒向秦，那秦就可派兵通過他們的國境，去打東邊的諸侯，使天下普遍受害。韓、魏不能單獨抗秦，而天下諸侯卻利用他們掩蔽西邊，所以不如親近韓、魏以抗秦，秦人也就不敢跨越韓、魏，以窺伺齊、楚、燕、趙四國。那麼齊、楚、燕、趙四國就可保全。以四個無外患的國家來幫助面臨敵人的韓、魏，使韓、魏無東顧之憂，為天下挺身而出以抗秦。以韓、魏兩國對付秦國，而其他四國在裡面休息，暗中援助他們的危機，如此便可應付無窮的變化，那秦還有何作為？不知道利用此計謀，卻貪圖邊境上尺寸之地的小利益，違背盟約，甚至自己互相殘殺，秦軍未出，而天下諸侯卻各自困疲，使秦能窺伺良機，消滅六國，豈不悲痛？」

近人姚秀彥以客觀環境的條件，來歸納秦統一中國的原因，他在《秦漢史》上說：「第一地理因素：中原各國如魯、衛、宋、鄭等開始時是大國沃土，經西周三百多年，邊鄙郊野都已開發，相鄰諸國也如此，因此若想進一步拓地，勢必和鄰國為敵，而且雙方力量相伯仲，因而多戰必敗，進而日漸削弱。邊區國家，初封時雖偏遠弱小，但有大量未墾之地和資源可供開發，而相鄰諸國半是蠻夷，政治文化水準較低，故開拓阻力較小，因此春秋以後，邊區諸國如齊、晉、楚、燕、秦皆發展為大國，秦的地勢尤爲優越，所謂四塞之國，東有函谷關及武關，函谷天險，車不能方軌，馬不能並轡，有利則開關迎敵，不利則閉關自守，可以操主動之權，西、北、南三面與文化較低的夷狄相鄰，容易拓展。第二經濟富厚：關中渭水流域，經過商鞅獎勵農耕，鄭國修築涇惠渠，從此關中沃野千里，無水旱之災，足食足兵。關中之外，又有巴蜀，不但天府之國，物資豐饒，而李冰大修水利，成都一帶成爲樂土，並且產鐵，可製兵器。第三新制度的建立：東方立國已三百多年，文化由成熟而衰老，對質樸無文而後起的秦，以夷狄視之，而秦正因傳統的封建勢力薄弱，在大力推動維新，走向集權國家的過程中，受阻較小，秉其新興民族質樸勤奮的精神，建立一種適應時代的新制度。第四機運成熟：秦之統一從表面看，是以武力征誅，和其他朝代沒有什麼不同，但實際上，則是民族文化大融合後歷史的自然演進。從文化方面來說，以往百里不同俗，如少昊氏以鳥名官，伏羲氏以龍名官，越人披髮文身，雕題黑齒，胡人左衽，義渠火葬，南蠻鴃舌。到東周，因交通便利，接觸頻繁，生活習俗逐漸合一，申侯和西戎爲婚，赤白狄和晉爲婚，晉獻公娶狄女生重耳、夷吾；重耳娶狄女季隗，周襄王有狄后。齊桓、晉文攘夷，以楚爲蠻夷之長，而春秋中期常加盟中原，楚莊王邲之戰，欲效法周武王。到戰國，抗秦之軍以楚爲主力，楚多人才，有的入晉爲晉所用；伍員、伯嚭入吳；李斯入秦，都是文化融合的明證。民族文化既融合，在政治上建立一個一統政府，自然是必要的，廢封建，行郡縣，強公室，杜私鬥，這是政治的新形態。開阡陌，廢井田，土地屬於農民，而不是農民附屬於土地。不屬於任何領主的農民，可以自由耕種或變更他們的土地，這是經濟上的新形態。人民只有職業之分，而無階級之分，他們在行政機構下納稅服役，盡一己之責，但不屬於任何領主的世僕，此為社會組織的新形態。總之，無論從哪一方面說，這是一個民族，一種文化。國界的劃分，川防和險阻的敵對象徵都不必存在。此是統一的機運，而秦不過是掌握這種機運，完成歷史的任務。而秦王政本人，也頗有霸才，故能繼前世餘烈而統一天下。」

有關秦始皇統一天下的重要性，文人多給予正面的肯定，認為對中國有大利益。姚秀彥在《秦漢史》上說：「秦始皇的統一，對以往來說，結束了氏族、封建的歷程，對以後來說，開啓了二千年制度文物的先河，代表第一、中華民族的合成。第二、政治制度的確立。第三、疆域的形成。第四、學術思想的合流和實踐。綜合四點，可知中國之所以為中國，自秦統一開始，地理上是一片富饒瑰麗的自然疆域，政治上建立嶄新的組織體系和觀念，民族方面則習俗、言語、文字、思想文化合而為一，這是中國的內涵，是一個完整體。」近人錢穆也作同樣的表示，他在《國史新論》上說：「秦始皇統一天下，造成一個國家，一個民族。」「秦統一天下以後，全國農民及工商業，只向一個政府納同一規定的賦稅，擔當同一規定的兵役，遵守同一法律，享受同一規定的權利，這樣的社會，能不能算是封建社會呢？在法律上，全體人民的地位是平等的，全是國家的公民，並無貴族平民階級的對立，經濟是自由的，因此形成貧富不均的現象，這些不是封建社會的象徵。」「中國社會自秦以下，便沒有所謂特權階級存在。政府裡做官者，並非社會上享有特權的貴族。」他在《國史大綱》上也肯定，「秦始皇二十六年滅六國，而中國史遂有大規模的統一政府的出現。」「秦人統一，有關極重要者四事。一、為中國版圖之確立。秦併六國，分建四十二郡，造成此兩千年中國疆域之大輪廓。二、為中國民族之構成。春秋時代華夷雜處之局，逐漸消融，而成一車同軌、書同文、行同倫之社會。三、為中國政治制度之創建。封建制破壞，郡縣制成立，平民貴族兩階級對立之消融。四、為中國學術思想之奠定。此就態度傾向而言，大要言之，中國學術思想之態度與傾向，大體已奠定於先秦。一日大同觀。王道與霸道，即文化的世界主義與功利的國家主義之別也。先秦思想趨向前者，以人類全體之福利為對象，以天下太平為嚮往之境界，超國家，反戰爭。秦漢大一統政府，在當時中國人心目中，實已成爲超國界之天下也。二曰平等觀。階級與平等，即貴族主義與平民主義之辨。先秦思想，趨向後者，而以仁愛中心的人道主義爲主。舉其要者，如孔子之孝弟論、忠恕論，墨子之兼愛論，惠施之萬物一體論，莊周之齊物論，許行陳仲之並耕論，不恃人食論。孟子之性善論，荀子之禮論。皆就全人類著眼，而發揮其平等觀念之深義者也。三曰現實觀。天道與人道，即宗教與社會之辨。先秦思想傾向後者。莊老之自然哲學，其反宗教之思辨最徹底。人生修養之教訓，社會處世之規律，爲先秦學說共有的精華。教育主於啓發與自由，政治主於道德感與平等，對異民族主於同化與和平，處處表示其大同的懷抱。此乃先秦學術共有之態度，所以形成中國之文化，構成中國之民族，創建中國之政治制度，對內對外，造成此一偉大崇高之中國國家，以領導東亞大地數千年之文化進程，胥由此數種觀念爲之核心，而亦胥於先秦時期完成之也，此四者，乃此期間中國民族所共同完成之大業，而尤以平民社會之貢獻爲大。即秦人之統一，亦爲此種潮流所促成。」

三、制度論

歷代有關郡縣制度這一方面，評論不少。唐人柳宗元探討郡縣制和秦代興衰的關係，他說：「秦始皇集大權於一身，任意橫行，人民苦於勞役，脅於威刑，而在橫征暴斂下，弄得民窮財盡，天怒人怨。於是叛亂四起，殺官吏郡守，戰亂不已，烽火連天，誰也無法挽回這種覆國的劫數。此一結果完全導因於沸騰的民怨，並非郡縣制度帶來的災禍。及至漢劉邦興起，建立大漢王朝，矯正秦之缺失，遵循周的舊制，再度施行裂土封侯，王室子弟與功臣得以分封立國，以爲這樣當可拱衛中央。可是數年之間，照樣戰亂四起，中央政府東征西討，疲於奔命，因之採納謀士的獻策，再行削藩撤封，以便重行強化中央的控制力量。然在當時，僅是封建制的重行，宇內的都邑占有大半，叛亂往往起於分封的王侯，而不是郡守縣令，可見秦王朝設郡縣的政策並沒有錯。唐王朝建立後，設立州府，任命守令，也是鑑於前朝的封建實爲兵禍之源。雖然唐王朝也難免戰亂兵災，但其過失在於州府而不在於兵。當時的具體情勢是有叛將而無叛州。這可說明州縣之設也不可革除。」明人王夫之在〈讀通鑑論〉上說：「郡縣制將近兩千年，早就不能改了，事實上這種制度合於國家需要，此乃大勢所趨，也是理所當然之事。」清人顧炎武在《日知錄》上也說：「後代文人，以為廢除封建，成立郡縣制度，都是始皇一手造成的，我認為不是如此……這是趨勢的必然性，秦始皇即使想復古，一一分封土地給子孫，也是不可能的，如果說廢除封建、設立郡縣制是從秦開始，那是讀書人不通古今的偏見。」王夫之更進一步肯定郡縣制度的時代意義和需要，他說：「郡縣制在秦以前就有了，秦所滅的，只是七國而已，並非完全滅掉三代之封國。」「古代諸侯世世代代治理國家，以後卿大夫也世襲為統治者，此一趨勢是一定不好的。因為做官的人永遠做官，以後的子孫也如此。農夫之子永遠是農夫。上天所賦予人之才幹無選擇發揮之餘地。就算讀書人之中，也有差勁愚笨的；而農夫之中，也會有才高聰明的。才高聰明的總不能屈於差勁愚笨的之下，因此，就有了轉變興替的現象，此是趨勢所然。封建制度毀滅，選舉制代替之；郡守縣令完全取代了諸侯的地方勢力，此是情勢所然。」明人黃宗羲以秦始皇自私的角度來解釋郡縣制度的形成，他在《明夷待訪錄》上說：「三代以下的君主，既得天下，唯恐國家生命不長，後代子孫不保，就想防患於未然，創立一套制度。此一制度是為了一家利益的制度，而非為了天下利益之制度。因此始皇改變封建制而成郡縣制，認為郡縣制對自己有利。」姚秀彥也支持郡縣制度的時代性，他說：「由封建演變爲郡縣，是四百多年的趨勢，李斯、始皇見到此一趨向，是眼光過人處，而且人莫不愛其子，始皇能不以土地分封其子，僅以賦稅賞賜，可見其屬於理智型之人物。」柳詒徵在《中國文化史》上說：「秦的政策最偉大的，即是把諸侯封國化分爲三十六郡。」錢穆在《秦漢史》也支持此說：「秦始皇帝滅六國，一天下，其政治措施之重要者，當首推廢除封建而行郡縣。然封建之廢，實不始於秦。」「秦的群臣，有昧於時變，而欲恢復古代封建之舊制者。始皇、李斯則循時勢之推遷，因現狀而爲政，特未徇當時群臣復古之議。」近人章炳麟評論郡縣制的重要性和與始皇暴政的關係，說：「始皇之設郡縣，徹底剷除舊制，其結果是他個人成爲人間獨尊獨貴的皇帝，其宗室子弟都成爲無寸土之封的平民百姓。這對後代最大的影響是法律執行上的公平性，再沒有王侯特權的存在，同時也根除王侯割據稱雄的混亂之源。始皇的獨裁暴政，完全是人爲的因素，這與郡縣制是扯不上關係的。」

在官僚制度上，近人薩孟武在《中國社會政治史》上說：「秦之政治代表了官僚政治的萌芽。卿門有卿，賤有常辱，貴有常榮，選用職官是父終子繼，或兄終弟及，其程序很簡單。反之，官僚政治則須選賢與能，於是如何培養賢能、如何任用賢能、如何考核賢能，都成爲問題。」柳詒徵在《中國文化史》則說：「秦代的官制很精簡，綱舉目張，漢代也沿襲它。」「秦漢政體，雖爲君主專制，但其地方行政，仍有周代人民地方自治之遺意，觀其縣鄉官吏之制可見。」

在文字統一方面，柳詒徵讚美其藝術作用，他說：「關於文字統一，其功用不僅在秦代而已，而且爲數千年來，中國全境和四裔小國所通用。其體勢結構可獨立爲美術之一品，也是最可紀念的。」薩孟武在《中國社會政治史》上則說：「始皇厲行文字統一，此爲吾國人民能夠自覺爲一民族的基礎原因。」

在皇帝名號上，姚秀彥在《秦漢史》上說：「秦王政二十六年，併吞六國，締造一新局面，新的事實必要賦以新名號。王是列國時君主的稱號，自然不能再採用。諸臣的奏議，用『泰皇』一名，顯得呆板拘滯，落於名象。而『皇帝』名稱，一虛一實，意義廣包，靈活圓稱，遠非『泰皇』一詞所及，可見始皇之才識，而『皇帝』一詞直用到君主政體結束，共二千一百三十年，可見秦代連一名號都非輕率擬定，而含義深遠。至於去謚號，則利害參半，避免以臣議君，自可增加君主威勢，但君權過高，並非妥善體制，君主爲畏懼死後惡謚，能自收斂，豈非佳事？」

在法律制度上，柳詒徵在《中國文化史》上則說：「秦之立法，未嘗不好。秦二世亡國，罪在趙高，不是法律上的罪過。世人都認爲秦之短命是受法律連累。實際上，始皇時代的法制具有偉大的精神。以一個政府，管轄數千萬方里的中國，此是國家形成之進化，也是思想之進步。」近人蕭公權在《中國政治思想史》中，提出秦沒有法治的觀念，他說：「古今論秦政者，有的譏諷濫用刑罰而亡，有的惋惜實行法治而不能長久。秦因專制失道而早亡，和法治很少有關係。法治和專制的區別，在前者以法律爲最高權威，爲君臣所共守；後者以君主爲最高權威，可變更法律。持此爲標準，則先秦固然沒有眞正法治的觀念，更未嘗有法治的政府。」「章炳麟認爲中國兩千多年沒有法治，而只有秦的君臣世世代代守法，這實在是不明白法治的眞諦，而有意讚揚秦始皇以壓抑漢唐之君主。」

四、統治措施論

在焚書方面，漢人許愼在《說文解字》上說：「秦燒詩書，滌除舊典，大發吏卒，興起戍役。官獄職務繁，初有隸書的發明，趨向簡約容易，但古文從此滅絕。」清人章學誠則認爲焚書和古代以吏爲師有密切的關係，他在《文史通義》上說：「以吏爲師是古時三代的傳統，秦之所以違背古代傳統，只是焚詩書和以法律爲師而已。三代興盛時，天下學問無不以吏爲師；現在秦以吏爲師是復古，而時人卻認爲秦破壞太多了。秦和古代相合的，即是以吏爲師。」錢穆在《秦漢史》上則說：「秦之焚書令，其所重視的，並非在於焚書，其最要禁制的，實爲以古爲今，其罪乃至於滅族。次則偶語詩書，罪亦棄市。」近人康有爲也說：「按焚書之令只燒民間之書，像博士官所管理的書，如詩、書、百家語都保存著。李斯焚書的建議只想愚民，而顯出政府有智慧，不想自愚。如果連博士官所管理的祕府所藏都一起燒了，而只存醫藥、卜筮、種樹的書，那麼秦是自愚了，怎能成爲一個國家呢？《史記》上說非博士官所管的書，一律燒掉；而博士官所管的書，保守珍重，從不燒掉，這是對的。如果想受教育的人，以吏爲師，吏就是博士官。如果想學詩書六藝者，拜訪博士官受業即可。這實在是注重中央而貶抑地方的強幹弱枝之政策。」

在坑儒方面，宋人鄭樵說：「陸賈是秦之大儒，酈食其是秦之儒生。叔孫通於秦王朝時以文學召爲待詔博士。幾年後，陳勝起兵於山東，秦二世召見三十幾位儒生，詢問其有關陳勝造反之緣由。各儒生都引用《春秋》之義理答覆秦二世。於此可見，秦王朝時並無不用儒生和經學。再以叔孫通來說，他降漢時，還有弟子一百多人，而當時齊、魯兩地的學風並未衰微，這可證明秦並無廢儒。至於秦始皇所坑殺的那些人，大都是一時議論不合的人罷了。」元人陶宗儀則認爲坑儒即是活埋方術之士，他說：「提起坑儒，古今相承都以爲是始皇活埋了儒門弟子，其實那是讀書人昧於扶蘇進諫之言：『諸生皆誦法孔子。』導致坑儒慘案的罪魁禍首是盧生、徐福等人，盧生又何曾師法過孔子？被埋的四百六十多人，大都是方術之士。」錢穆在《秦漢史》上說：「秦之坑儒案，其所重視的，不在於坑儒。因爲一時所坑，只限於咸陽諸生四百六十多人，而其意則在使天下懲之不敢爲妖言誹語。」近人章炳麟評論說：「關於咸陽坑儒，活埋四百六十多人的慘案，起因於術士盧生，他以尋仙求藥爲名，騙取大量錢財。以後害怕神藥不靈，難免殺身之禍，便私自逃走。而在逃走之前，曾對秦始皇的為人治國大肆抨擊，並在諸生之間傳告。秦始皇震怒之餘，下令拘捕諸生，審問諸生之後，予以活埋。這情形與漢黨錮之禍頗為類似。換句話說，此為起於一時之慘案，不能說是秦的法令係以文學或儒術之從事者為對象，而予以刑戮。歷來學者未能深究其原因，坑儒便成了始皇百口莫辯的滔天罪行了。」

在其他方面的統治措施，像逼迫富豪遷都，逼迫人民守邊築城，銷毀兵器，濫用刑罰和巡行天下等，分別都有評論。譬如漢人班固在〈刑法志〉上說：「始皇以商鞅那套連坐法，殺父、母、妻三族，又增加肉刑，有挖頭頂、抽去脅骨、下油鍋等罪刑，等到始皇兼併六國，就毀棄上古先王的制度，消滅禮儀的官職，專門任用刑罰，自己還親自拿起文筆書件，審判罪犯，晚上還處理文書案件，決斷公事，造成姦人邪惡叢生，滿路都是，監獄就像市場一般。」姚秀彥在《秦漢史》上說：「始皇巡行的目的，大半是基於儒家學說，天子應定期巡守。春省耕而補足，秋省斂而助不給。另外因東方情況不穩，藉巡守而鎮懾。」「其巡行目的在責斥封建制度，數說諸侯罪行，重示新政方針，頌揚皇帝德威，布政令、行教化，意義實非淺顯，而且因地制宜，對於追逐末利的齊地，則倡『尚農除末，勤勞本事』。對於淫亂的越地，會稽刻石則要求防止淫佚，生活齊莊，可見始皇巡行，實具有政治和教化兩重意義。」「多次巡行天下席不暇煖，其生活不可能沈湎酒色，因此其后妃並無出色的人。但始皇由於自己的母親，對婦女的不貞，在情感上頗爲厭惡，所以特禮敬巴寡婦清，會稽刻石，也嚴禁男女淫佚。」張蔭麟在《中國上古史》上說：「始皇經營北邊，有一半是防守性質，但其開闢南徼，則是純粹侵略。」柳詒徵在《中國文化史》上說：「秦謫戍移民之法，雖然在當時代表始皇之暴虐，但卻傳播華風於野蠻之地，使野蠻的民族都同化在一個中國。此一成就，正不是當時政府所意料的。」錢穆在《秦漢史》上說：「秦人之潤色統一，又極致力於新首都之建設。其意在集天下之視聽，而聳動鎮炫之，以使凝定於一尊也。蓋中國疆土既廣，列國分爭已久，咸陽既已爲中國史上新首都之創始，在當時不得不有一番文物之藻飾也。其著者，一、徙天下豪富至咸陽十二萬戶。二、大興宮殿，每破諸侯，寫其宮室，作之咸陽北坂上。」「秦人於內致力於新首都之創建，於外則歲時巡行郡縣，同爲當時鞏固一統局面之政策。爲求便於巡行，則治馳道。」「對於社會風俗的統整，秦人也頗注意，其事均見於始皇巡行之刻石。譬如琅邪刻石上說：『以明人事，合同父子。』是尚孝也。又說：『皇帝之功，勤勞本事，上農除末，黔首是富』是重農也。此二者，皆爲後來漢治之所重。又說：『匡飾異俗，陵水經地。』又之罘刻石說：『黔首改化，遠邇同度。』則秦之注意於全國社會風俗之統整，固不僅會稽一刻而已。」錢穆在《國史大綱》上說：「始皇收軍器，墮城郭，決川防，夷險阻，以解消封建時代之武裝。當時國境，皆築長城為防，割地裂疆，遠者五六百年，近亦一二百年。又有堤防禦水，而以鄰國為壑。中國之支離破碎，固若自古已然。秦廷努力剷除決通，於中國大一統之形成，良有大功也。收兵器，鑄金人十二，各重二十四公斤，此蓋均為一種弭兵理想之實施。後人專以專制說之，殊非事實。」咸陽之新建築，實匯合當時營造藝術之大成也。其經營陵寢，也承儒家理論，而藉以充實中央。於物質上，造成全國供仰之新首都，於統一精神也殊重要。」「開拓邊境，防禦外寇，築長城及戍守五嶺，此皆為大一統局面所應有的努力。大體言之，秦代政治後面，實有一個高遠的理想，此項理想淵源於戰國之學術。秦政不失為順著時代的要求與趨勢而為一種進步的政治。」

五、衰亡論

歷代文人多認爲秦政之衰亡，其主因於秦實施暴政，人民生活痛苦，以致天下離心所致。漢人晁錯說：「秦之守邊士卒不耐水土，守邊疆的士卒死在邊疆。秦的人民一聽守邊，就像被棄在市街一樣。先調發官吏有罪者，其次無錢贖身者，其次商人，其次曾作商人的，其次父母和祖父母曾作商人的，其次住在里閭左邊的人。這種調發，實在不順民心，被調發的人深深怨恨，有背叛之心。」「秦自孝公用商鞅變法後，對於人民刑罰日益殘酷無節制。尤其李斯、趙高等嚴刑峻法論者當政，更造成法令多如牛毛，刑罰慘無人道。草菅人命，天下寒心。奸邪官吏利用刑罰以顯其威，大斂其財。起初，刑罰所施的對象是貧賤之民，其後是富人吏民，最後延及宗室大臣。所以親疏皆危，內外咸怨，上下離心，全民痛恨。結果陳勝率先反秦，天下立即大亂。秦王朝之亡，不能不歸咎於官吏不肖，刑罰酷虐，萬民離心之故。」司馬遷在《史記》上說：「秦所以興盛，因爲繁法嚴刑而天下民心大振；秦之所以衰亡，因爲百姓怨恨而海內叛心。」「秦始皇以區區的關中之地，小小的諸侯之國，和天下諸侯平起平坐有一百多年了。後來結合天下變成一家，他的事業雖然偉大，卻落得身死人手，爲天下人所笑，爲什麼？因爲仁義不施，而在戰略上的攻守形勢也和以前不同。」班固在《漢書・賈山傳》上說：「秦之百姓作完工者，不能休息；飢寒者得不到衣食可用，逃罪而死刑者無處可申訴，造成人人對政府怨恨，家家對官吏有仇。」司馬遷在《史記・李斯傳》上說：「秦末法令殺罪重重，一天比一天嚴苛，群臣人人自危，想背叛者很多。受到罰者，滿路可見，而死人日日堆積，像市場一樣，殺人多的是忠臣。」漢人賈誼也說：「秦滅除禮、義、廉、恥四維而不顯揚，因此君臣離心，六親遭受刑罰，姦人並起，萬民離叛，共十三年，整個國家化爲廢墟。」司馬遷在《史記》上又說：「始皇對內興起勞民的工程，對外抗拒夷狄，收天下一半之賦稅，徵發住在里閭左邊的戍卒。男子努力耕田也無足夠糧食可吃；女子努力紡織也無足夠衣服可穿。竭盡天下之財富，來侍秦始皇的暴政，也是不能滿足的。海內憂愁怨恨，因此天下崩潰反叛。」晁錯說：「秦之君主，任用不賢者，信任讒言者，過分地大興宮室，縱慾無窮。人民勞力都用盡了，賦稅的徵收仍無節制。自認聰明賢能，群臣一味讚美。驕傲放縱，不顧禍害。隨便賞賜，只隨己意高興，隨便殺人，只滿足一己之情緒。法令繁多，刑罰殘暴。輕絕人命，以致相互殺伐。天下人人心寒，不知哪裡是安身之地。姦邪之官吏仗著刑法來作威作福。獄官斷案，是生是死，隨己滿意。」賈誼也說：「秦之君主把天下人都控制在法令刑罰之下，道德恩惠無一存在，而怨毒滿天下，恨惡他就像仇人一樣，禍害一旦臨身，連子孫都性命難保。」唐人杜牧在〈阿房宮賦〉中說：「滅亡六國的，是六國自己，不是秦國。把秦國皇族殺盡的，是六國自己，也不是天下的人。假使當年六國諸侯分別其人民，他們就可抵抗秦國；假使秦始皇也愛六國人民，就可從三代傳到萬代，一直做皇帝，誰能滅其族？秦人來不及為己哀傷，只好讓後人為其哀傷。後人為其哀傷，如果不以其為自己的鏡子，那就只好讓更後者為他們哀傷吧！」張蔭麟在《中國上古史綱》上說：「秦始皇的一切豐功烈績，乃是黔首的血淚造成的。」錢穆在《秦漢史》上說：「秦人之視東土，仍以戰勝奴虜視之。指揮鞭撻，不稍體恤。始皇既卒，趙高用事。天下解體，怨望日甚。封建之殘念、戰國之餘影，尚留存於人民之腦際。於是戍卒一呼，山東響應，為古代封建政體作反動，而秦遂以亡。」他在《國史大綱》上也說：「秦代政治的失敗，最主要的在於役使民力之逾量。秦人以耕戰立國，全國民眾皆充兵役，名曰黔首。唯在戰國兵爭時代，以軍功代貴族，秦民力戰於外，歸猶得覬功賞。及天下統一，秦之政治亦漸上文治軌道，而一面仍恣意役使民眾，如五嶺戍五十萬，長城戍三十萬，阿房宮役七十萬，此等皆爲苦役，與以前軍功得封爵不同。古代封建小國，四境農民行程相距最遠不出三、四日，每冬農隙，爲貴族力役三日，往返不過旬日，其事易勝。秦得天下，尚沿舊制，如以會稽戍漁陽，民間遂爲一大苦事。又有七種罪犯之徵發和住在里閭左邊者的徵發，陳勝、吳廣即由此而起。」「秦室本是上古遺留下來的最後一個貴族政府，依然在其不脫貴族階級氣味下失敗，役使民力逾量，即是十足的貴族氣味，依然失敗在平民階級之手。秦之統一和失敗，只是貴族封建轉移到平民統一中間的一個過渡。」

除了暴政必亡論以外，仍有一些學者以其他角度來論其衰亡之因。譬如漢人嚴安說：「秦之禍害北起於胡，南起於越。守邊士卒一無用處，進而不能退，調發十多年，壯丁披甲作戰守邊，年輕女人奔波運糧，民不聊生，有的在路邊大樹上吊自殺，死的人到處可見。」司馬遷提出秦之速亡在於不懂得以史爲鑑，他在《史記》上說：「假使秦代國君都能想到上一代的歷史故事，和殷商治世長久之美跡，來統治天下，後代國君雖然驕奢淫佚，也不會有傾國危險的禍害，因此古代三王之建設天下，名號顯美，功業長久。」明人王夫之以君主自私的角度來論秦之衰亡，他在《讀通鑑論》上說：「悲哀啊！秦以私心來治天下，罷除諸侯，設立郡守。上天也利用秦之私心來行使天下爲公的理想。秦之亡不能說是郡縣制的錯誤，一個國家不長久，是因爲一家一己之私心，而不是因爲公義。秦之所以使萬萬代代責罵，只因爲自私罷了。始皇自己夠自私了，而又想使自己的子孫永遠當皇帝，豈是天下之大公？」近人薩孟武以地方空虛，中央無屏障的角度立論，他在《中國社會政治史》上說：「始皇併六國以後，沒收天下兵器，把講武之禮儀取消，這是錯誤的政策。政治龐大的國家，在交通不發達，民智未進步的時代，必須依靠兵力，派遣軍隊，駐防各地。固然駐防既久，防地往往成爲封地，而發生割據之局面。但是中央政府若能時時調動駐防軍及其將領，則駐防軍與防地不會發生密切關係，割據局面亦無從成立。現在始皇只知伐匈奴、平百越，國內各地連兵器也不儲備，所以陳勝一旦起事，斬木爲兵，揭竿爲旂，秦就無法抵抗，只有解放罪犯和奴隸，組織軍隊，以與討秦軍相周旋。」「始皇將全國財富集中於首都，行之太過，使國內發生頭重腳輕之弊。政局的安定需要社會之安定，而社會的安定又以中產階級爲基礎。十二萬戶的豪富徙於咸陽，其遺留於各地的幾乎是貧窮之家。地方空虛，易引起紛亂。始皇死後，一夫夜呼，亂者四應，甕牖繩樞之子、甿隸之徒並起而亡秦族。固然民怨虐政，而地方空虛不得不視爲原因之一。」錢穆也從舊傳統的心理束縛角度來說明秦之衰亡，他在《秦漢史》上說：「秦人一統，中國歷史已走入新局，爲往古所未有，而一時昧然不知。故群情懷古，仍不免戀戀於封建之舊統。雖始皇、李斯毅然排除衆論而主獨是，然也不能盡脫一時舊見之束縛。如其欲復古者學術統於王官之陳見，摧折民間家言，而成蔽塞之勢。又役使東方民力，踰於其量。七種罪犯的調發邊疆，實在是召亂之大源。秦人自狃於往昔封建時代君主役民成法，而不悟社會生業之分化已繁，政府統治之疆域亦廓。掃荊吳之閭巷，驅之漁陽之邊疆，豈能不群情憤騷，揭竿而起。平心論之，此雖秦廷虐政，也自本於一種心理上之錯誤。而事實終於趨新，不能重歸故態。」

後記

秦始皇的人格充滿著矛盾和不平衡，其複雜的人格一半來自於天生，一半來自於孩提時代的環境遭遇。他一出生，就注定要過著坎坷崎嶇的命運，隨著他的父親子楚在趙國當人質，趙國王室輕視他們，連祖國秦國也難得照顧他們的生活，安慰他們在趙國所遭受的精神折磨。當秦趙交戰時，趙王氣憤得要把子楚殺掉，連帶趙姬和始皇也難逃一死，幸賴呂不韋保護他們全家，才能安返咸陽，免於一死。秦始皇即使當時年紀很小，記不清逃難的經過，但以其天生的聰明和隨著年齡的增長，他不可能不知道，不可能不去回憶往事。秦國王室，甚至百姓，誰不知道他是一個人質的兒子？關中六國的人，誰不知道子楚在趙國所遭受的境遇？秦始皇的身世是無法隱瞞的。秦始皇天生自大任性，他不能忍受被歧視的痛苦，他要把痛苦化成力量。他恨趙國，連帶著也恨整個關東六國，爲了抒發心中的仇恨，爲了彌補身世的卑賤，他產生了消滅六國的決心，想把仇恨轉化成理想的滿足，把卑賤轉化成至尊至貴的權勢。

他的痛苦是多方面的、是無止境的。他的母親原是呂不韋的妾女，也是一名舞孃。一個舞孃的兒子，他的身分是很低微的，天下人誰不知道？更令他痛苦的是，有什麼能夠保證他一定就是子楚的親生子，而不是呂不韋的兒子呢？當秦始皇發現母親和嫪毒通姦，而生了兩個私生子以後，他的心都快碎了。他懷疑自己是否也跟那兩個私生子一樣？他的母親是那樣淫蕩，加深了他內心的矛盾和痛苦。他質疑人間還有什麼是眞正的感情？什麼是永恆的愛？人生經驗是殘酷的，也因此造就了殘酷的心。

他的人生是不斷地鬥爭，這種鬥爭性格主要源自於恨！對人類愛的否定。他之所以否定愛，是因爲他沒有經歷愛的生活。他的鬥爭手段是相當厲害的。爲了剷除嫪毒的勢力，他聯合呂不韋。無論嫪毒或呂不韋，都是他政治上的絆腳石，只不過一個是今日的敵人，一個是明日的敵人罷了。

統一天下固然是他的大功勞，但並不值得過於讚揚。因爲一方面，中國統一是必然的趨勢，無論是誰來完成；另一方面是因當時的實際環境對秦國最有利。

戰國紛亂，人民都有求安定的心理，希望天下統一。而戰國時代的經濟繁榮，發展到某一限度，自然要求貨幣的統一，度量衡的統一，各國關卡的廢除，道路的通暢。大商人也就希望藉政治的統一，來達成經濟統一的利益。我們不要忘記這些大商人大都從事國際貿易啊！老百姓、商人都有政治統一的要求，而知識分子更是如此，這一股力量更大了。譬如孟子說：「不喜歡殺人的國君就能統一天下。」譬如荀子說：「君王治理國家，第一要做到四海之內有如一家。」譬如李斯說：「以武力統一天下。」這個「天下」就是指「中國」，當時的人都稱「中國」爲「天下」。統一中國觀念的確立，就是從那時開始的，傳了兩千多年，直到我們這一代。中國之所以不像歐洲四分五裂成爲多國，就是靠著統一中國的意識；中國之所以有五千年的歷史文化，也是靠著這一種意識形態。又譬如墨子主張兼愛，孔子主張仁愛，都是站在全人類的立場而言，是平等思想的表現。戰國知識分子受到統一和平等觀念的浸染，使他們沒有濃厚的地域觀念，而具天下觀念，沒有分裂主義，而有統一主義。譬如商鞅、張儀、公孫衍、范雎、呂不韋、李斯都不是秦國人，卻甘心受秦王任用。一旦天下人都要求統一，這種潮流是不能抗拒的。

秦國本身的條件也是相當優越。它占有關中地勢之利，有殽山、函谷關爲屏障，閉關自守，則列國不敢隨意侵入；開關出戰，則各國不易抵抗。秦的南、北、西三方都是蠻夷小國，不是秦的對手，向這三方的拓展容易，無形中使秦成爲一個廣大、富有潛力的國家，不像關東六國，緊鄰而居，爲了土地容易相互爭戰，削弱本身的力量，他們四面八方都可能有敵國侵入。但秦國自從吞併巴蜀之後，免去了北、南、西等方面的憂患，只要集中向東發展的軍力就可以了。

秦始皇一即位爲王，就占盡了優勢。他的祖先已經爲他建立起七國之中最富強的國家。此時的秦國，除了原有的關中，還占有陝、甘、寧、川、晉、豫、湘、冀、黔等省的土地，早已深入中原各國的中心。

秦國因爲地近西戎，染有西戎人的血統，因此民風強悍，不是關東六國所能比的。關東國家愈往東，經濟愈富庶，文風很盛，民風卻極懦弱，而秦國多貧人子弟，刻苦耐勞，去抵抗東方國家的富貴王孫，當然占盡便宜。加上秦國擁有當時最好的產馬區，而關東六國缺乏這種條件。雖然趙國北區也產好馬，但自從秦在長平打敗趙國以後，東方各國已經無法和秦相抗衡了。

秦國歷代英主不斷，並且善於用人。譬如穆公用百里奚，稱霸西戎；孝公用商鞅，變法富強；惠王用張儀，連橫政策以離間六國；昭襄王用范睢，遠交近攻；如今秦始皇用尉繚、李斯，終能一統天下。一件大事的成功，在於長久不斷的努力。秦始皇就是一位能繼承祖業、拓展未來的君主。

商鞅變法也是促成秦始皇統一天下的遠因。這次變法廢除貴族世襲制度，改用人才制度，選賢與能。反觀關東六國，多以貴族的利益爲主，有才幹的平民不能參加政治，難怪被秦國所吸收利用，秦國怎能不強？六國怎能不弱？另外獎勵農業，設立郡縣取代封國，集權中央，嚴格執法等政策，都有助於秦的富強。

時代創造英雄，英雄利用時代，進而創造新時代。秦始皇就是這種人。以上的條件都對秦國有利，但若不能把握時機，進而利用時機，又怎算是聰明的人呢？沒有遠大的理想，又怎能成爲立大業的人呢？然而秦始皇既是聰明的人，也是大理想的人，所以能把實際和理想結合起來，創造出這樣的地位和成就。

以武力統一中國固然是秦始皇的功勞，但是鞏固統一，更是他的大貢獻。在這方面，他所作的某些努力，對中國的富強有很大的利益，對秦代的百姓卻有大害處。譬如他命蒙恬北修長城以防匈奴，命屠睢南平百越，遷徙人民屯守五嶺，對內推行郡縣制，中國大一統的版圖從此確立。但是當時的人民犧牲了安定的生活，離家到蠻荒之地服役，痛苦不堪。譬如始皇開闢馳道，東到燕齊，南到吳楚，規模之大，前所未有。其國防和交通的意義重大，爲中國統一的必要措施，而所犧牲的是人民的血汗。又如秦始皇興建阿房宮，雖然濫用民力，卻也表現了中國藝術工程的進步和成就。而秦始皇逼迫天下富豪離鄉背井，聚集首都咸陽，雖是不仁道而傷民的行爲，卻帶動以後長安經濟的繁榮，成爲天下中心所在。我們要知道，一個國家的存在，是不能沒有一個中心指揮的。

鞏固中國統一，不一定完全需要花費大量人民的血汗和生命，譬如秦始皇統一文字，先有李斯的小篆，後有程邈的隸書，秦始皇的大功勞即在推行隸書於普天之下。以後的楷書，即根據隸書稍作修改而來。大體上，中國文字的統一，是秦始皇帶給我們的。使用同樣的中國文字，才能意識到中國人的存在。譬如秦始皇統一度量衡，使長短、大小、輕重的標準一致，這套制度在秦孝公時代就由商鞅推行秦國，如今始皇將它推行於天下，意味著中國統一時代經濟的新發展。譬如始皇統一貨幣制度，使用秦國原有的貨幣，方孔圓形，如今行之於天下，讓使用者在心理上感覺到，用同一的貨幣，代表同一國家的人民。

秦始皇統一中國的制度，大都來自於秦國原有的制度，換句話說，中國大一統的制度多淵源於秦國制度的移植。譬如在學術思想上，秦所採用的是法家的思想，以刑法治國；在政策上是商鞅的重農抑商政策，認爲商人都有罪，而把他們貶到很遠的邊地去，即使父母、祖父母曾做商人的，連自己都有罪；在經濟上行圓錢和度量衡的制度；在政治上是剷除貴族勢力，採中央集權制，地方上則由郡、縣、鄉、里、亭等層層節制，組織嚴密。以上都是秦始皇統一天下之前，即由商鞅變法而成的秦國制度。

其所主導的思想主流，是法家思想。法家思想並不是秦國的，它是淵源於東方的韓、趙、魏三國之地。因此，秦始皇以東方的法家思想來主導天下，而以商鞅的制度來治理天下。秦始皇不是制度的發明人，而是制度的利用者。商鞅變法使秦一個小國富強；始皇利用現有的制度，套用在中國，卻使得中國統一和富強起來。

秦始皇採用法家思想來主導天下，可反映出他的性格。這種性格包括殘酷、功利思想、唯我獨尊的自大心理。當年呂不韋的食客合編一本《呂氏春秋》，在政治上強調道家無為而治的思想，偏偏秦始皇的野心大，不喜歡這一套，反而對法家情有獨鍾，看看他所重用的人才也可以知道這一個事實，像尉繚、李斯、趙高都是法家人物，而代表儒家的人物，像博士官之類，他就不重用他們，只讓他們聊備顧問而已。還記得秦始皇第一次看到韓非的作品，就說：「我能夠和他見面，死也無憾了。」可見始皇愛好法家思想，進而利用它來統治天下。法家主張嚴刑峻法，法律繁多而殘忍，追求國家的富和強，實施中央集權制，這都符合始皇的性格。但始皇在這一方面的性格，並不是特有的，因為秦孝公、秦昭襄王等君主，也都具有此種殘酷、功利思想和唯我獨尊的個性。無論在制度上、意識形態上或某些性格上，秦始皇只不過是個繼承者而已。

不過始皇唯我獨尊的心理，則是歷代君主所望塵莫及的。他自認爲才德超過三皇，功勞大過五帝，所以自稱爲「皇帝」，覺得古今人物沒有人比得上他。他有很強烈的意識，那就是他要做得比誰都好、都偉大，他的自我期望甚至超過了人的能力。這種自我期望的發揮，使他不僅要成爲天下第一皇帝，還要成爲長生不死的仙人，打破生死的界限。弄到後來，他不想稱「朕」了，乾脆改稱「眞人」，希望自我期望能夠實現。一個自認爲擁有天下財產的人，是不免會貪生怕死的。

很多人都說始皇窮奢極侈，放浪形骸；其實他雖然很奢侈、任性，甚至爲所欲爲，不過他的自律也很高。那不是很矛盾嗎？是的，一個成就中國統一大業的人物，心中滿懷矛盾。在自律的要求上，試舉例說明：譬如鮑白令之當著他的面，群臣都在場，批評他說：「你所走的是夏桀和商紂的路，卻想模仿五帝禪讓天下，恐怕不是你所能辦到的。」接著說：「大王大興土木，修築宮殿，搜求天下美女，充作宮廷的侍姬，開鑿驪山爲自己預作陵寢。一切行爲，沒有不爲自己的生前和死後打算。耗用天下的財富和人力，來供應自己的享樂，這樣的君主如何能上比五帝，以天下爲公，傳位給賢人呢？」結果始皇竟然微微一笑，還說：「令之的話，簡直是醜化我的形象嘛！算了，今天我們不談這個問題了。」其實始皇眞有容納異己的雅量嗎？他之所以自律，是因爲他的自我期望很高，要做得比誰都好，要讓天下的人民都說他是好君主，我們不要忘記，始皇最愛聽諂媚的話。然而他一方面又爲所欲爲，濫用民力，是因爲他自大狂妄，認爲天下人都屬於他的，要爲他服務和犧牲，甚至爲他的萬代子孫貢獻生命。

秦始皇的自我期望是從幼年的卑微和痛苦的經歷中轉化而來的。他想改造令他痛苦的現實環境，他最不願聽到別人說他曾是一個人質的兒子，也不想聽到別人說他的母親是一名舞孃，是一名淫婦，和別人通姦，產下私生子！他的自尊心不容許他有任何缺陷。因爲他很聰明，就想隱瞞自己的缺點和自卑感，因此他要表現偉大的形象，不容許任何人的批評。譬如他下令燒毀書籍，他所注重的不是焚書，而是禁止讀書人以古非今，批評現實政治。六國史記和詩書，對他的政治措施有很大的阻礙，因爲前者代表六國諸侯對秦國的批評，後者代表先王封建制度的理想。因此六國史記和詩書是他首先要焚毀的對象，至於諸子百家語尚在其次。焚書一方面象徵意識形態的統一，是一種愚民政策，另一方面代表秦始皇不容異己的獨尊自大心理。又譬如坑儒，其直接的導火線是盧生的欺君大罪。始皇認爲盧生妖言惑眾，對他大肆批評，這不是他能忍受的。爲了免於後患，他一連坑了四百六十多個讀書人。這個事件一方面反映始皇的疑心病重和不容異己，一方面也說明他的濫刑殘酷。意識形態的統一，對於政權的穩固有其必要，但是秦始皇的方法不當，反而引起大多數知識分子的反感。焚書坑儒的手段做得太明顯了，不懂得以仁義來安撫，若能像漢武帝的故意獨尊儒術，穿著一層仁義的外衣，知識分子就很難反抗了。所以說漢武帝在統一意識形態上，要比秦始皇高明得多。

秦始皇很愛炫耀自己的長處，鋒芒畢露到了極點。五次巡行天下，到處刻石，歌頌自己的偉大。其實巡行天下也是有必要的，天下剛統一，局勢未穩定，君王有監督訪察的必要。這一點無須過意批評，倒是始皇大築宮殿則害多利少。宮殿的建築本是必要的，但是始皇則是無限制地興建，也就無限制地濫用民力。始皇不懂安撫民心，實在是一大失策。至於修長城、防守五嶺也用了大量民力，雖然大失民心，但對維持中國疆域的完整有大貢獻，無須過分批評。

秦始皇使用殘酷的刑罰，迫使人民交重納、服勞役，把他們當作奴隸一般，這和當初天下百姓求安定的夢想簡直有天壤之別。老百姓一時不能適應秦代的制度和種種措施，這種政治改變太快了。在秦的暴政下，人民反而回憶起秦統一天下以前的生活，都希望復國，所以陳勝、吳廣以楚的名義號召天下，一時之間劉邦、項梁、項羽

附錄——年表

年號	西元	年齡	事蹟
秦昭襄王四十八年	二五八年	一歲	正月，秦始皇生，名政。
秦莊襄王三年	二四七年	十二歲	魏信陵君帶領魏、趙、楚、齊、燕五國聯軍擊敗秦軍，攻至函谷關。
秦始皇元年	二四六年	十三歲	秦莊襄王卒，太子嬴政立，呂不韋主政。
秦始皇六年	二四一年	十八歲	楚春申君倡導合縱，楚、魏、趙、韓、燕五國伐秦。
秦始皇七年	二四〇年	十九歲	呂不韋完成《呂氏春秋》。
秦始皇九年	二三八年	二十一歲	秦國長信侯嫪毐作亂，秦王政令昌平君、昌文君出擊，戰於咸陽，嫪毐被捕處死。

秦始皇十年	二三七年	二十二歲	秦王罷免相國呂不韋，任用李斯；李斯上書「諫逐客令」。
秦始皇十二年	二三五年	二十四歲	呂不韋遷蜀，途中飲鴆自殺死。
秦始皇十四年	二三三年	二十六歲	韓非入秦，秦殺韓非，韓王對秦稱臣。
秦始皇十七年	二三〇年	二十九歲	秦滅韓，開闢向東擴展的通路。
秦始皇十九年	二二八年	三十一歲	秦滅趙，置鉅鹿縣。
秦始皇二十年	二二七年	三十二歲	燕太子丹派荊軻刺秦王未成，失敗身死。 秦破燕。
秦始皇二十二年	二二五年	三十四歲	魏王假出降，秦滅魏。
秦始皇二十四年	二二三年	三十六歲	秦將王翦、蒙武攻陷楚都壽春，俘虜楚王負芻，秦滅楚。
秦始皇二十五年	二二二年	三十七歲	秦將王賁攻遼東，俘燕王喜與代王嘉，秦滅燕、代；秦軍克服江南，

			置會稽郡。
秦始皇二十六年	二二一年	三十八歲	秦滅齊，統一中國，秦王嬴政稱始皇帝，定都咸陽。全國分為三十六郡，統一度量衡及幣制。
秦始皇二十七年	二二〇年	三十九歲	秦始皇北巡，修築馳道。
秦始皇二十八年	二一九年	四十歲	秦始皇東巡，封禪於泰山、梁父。 秦始皇派徐市帶領童男童女數千人出海求仙。
秦始皇二十九年	二一八年	四十一歲	張良在博浪沙謀刺秦始皇失敗。
秦始皇三十一年	二一六年	四十三歲	秦始皇推行「使黔首（百姓）自實田」政策。
秦始皇三十二年	二一五年	四十四歲	秦將蒙恬發兵三十萬，北拒匈奴。
秦始皇三十三年	二一四年	四十五歲	秦南征百越，增設閩中、南海、桂林、象郡。 秦將蒙恬擊敗匈奴，收復河南地；

			修築長城，東起遼東，西至臨洮。
秦始皇三十四年	二一三年	四十六歲	頒布「焚書令」及「挾書令」。
秦始皇三十五年	二一二年	四十七歲	修建阿房宮和驪山陵墓。打擊儒生「以古非今」，展開「焚書坑儒」。
秦始皇三十七年	二一〇年	四十九歲	秦始皇於出巡途中，病死於沙丘平台。趙高與李斯僞詔立二世胡亥爲太子，賜扶蘇、蒙恬死。

三十功名塵與土
一將功成萬骨枯

多少君臣將相，或開創帝業，或權傾朝野，或擁兵率軍，或擘畫改革；在太平與戰亂、興盛與衰亡中創造歷史，忠奸成敗，功過是非，留下不朽的功業和萬世的罵名。他們毀譽參半，褒貶不一，在謳歌讚揚與羞辱唾棄中擺盪，是可敬可愛，也是可憎可厭的爭議人物。

本系列的每本書以兩大部分呈現，第一部分為人物傳記，第二部分為是非爭議之處，針對爭議的主題來論述；因而不僅僅是人物傳記，它也是一部心理分析叢書，巨細靡遺地分析十二位在歷史上備受爭議人物的愛恨情仇及人格上的優缺點，希冀以歷史事實的敘述，加以探討，從中得到啟發。也讓我們逆向思考、反觀過去所讀的歷史，重新定義、評斷這些歷史人物的所作所為。

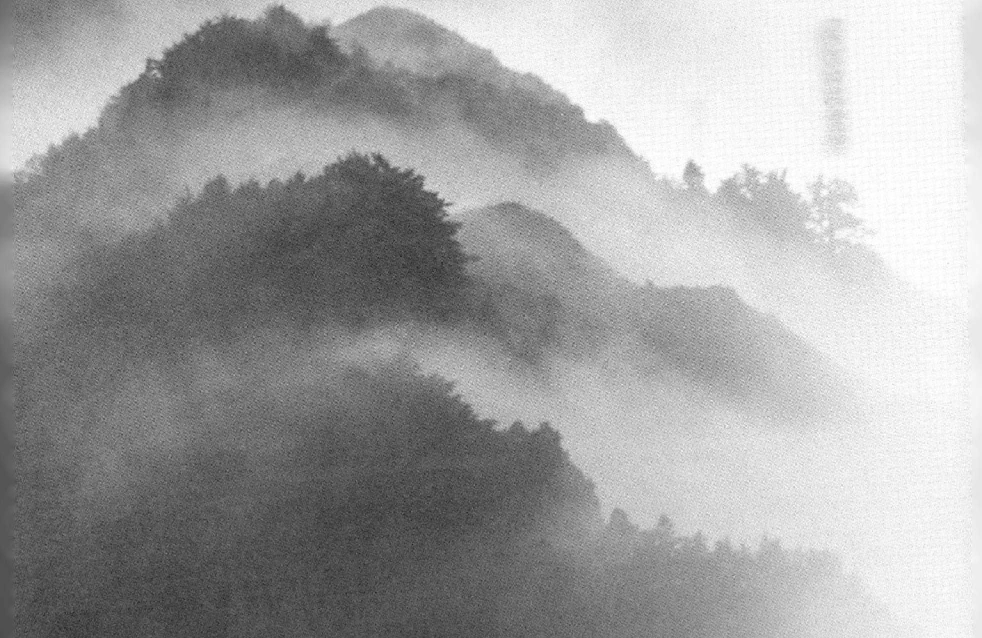

INK PUBLISHING 舒 讀 網
http://www.sudu.cc
洽詢專線（02）2228-1626
郵政劃撥 19000691 成陽出版股份有限公司

INK PUBLISHING

從前 2 一統天下：秦始皇

作　　者　郭明亮
總 編 輯　初安民
叢書主編　鄭嫦娥
美術設計　莊士展

發 行 人　張書銘
出　　版　INK印刻文學生活雜誌出版有限公司
台北縣中和市中正路800號13樓之3
電話：02-22281626
傳真：02-22281598
e-mail：ink.book@msa.hinet.net
網　　址　舒讀網http：//www.sudu.cc

法律顧問　漢廷法律事務所
劉大正律師
總 代 理　展智文化事業股份有限公司
電話：02-22533362・22535856
傳真：02-22518350
郵政劃撥　19000691　成陽出版股份有限公司
印　　刷　海王印刷事業股份有限公司

出版日期　2009年 2月 初版
ISBN　978-986-6631-42-9

定價　220元

國家圖書館出版品預行編目資料

一統天下：秦始皇 / 郭明亮著.
－－初版.－－台北縣中和市：INK印刻文學,
2009.02 面；　公分.--（從前；2）
ISBN 978-986-6631-42-9（平裝）
1. 秦始皇 2.傳記
621.91　　98000710

K INK INK INK INK INK IN
NK INK INK INK INK INK
K INK INK INK INK INK IN
NK INK INK INK INK INK
K INK INK INK INK INK IN
NK INK INK INK INK INK
K INK INK INK INK INK IN
NK INK INK INK INK INK
K INK INK INK INK INK IN
NK INK INK INK INK INK
K INK INK INK INK INK IN
NK INK INK INK INK INK
K INK INK INK INK INK IN
NK INK INK INK INK INK
K INK INK INK INK INK IN
NK INK INK INK INK INK
K INK INK INK INK INK IN
NK INK INK INK INK INK
K INK INK INK INK INK IN
NK INK INK INK INK INK
K INK INK INK INK INK IN
NK INK INK INK INK INK
K INK INK INK INK INK IN
NK INK INK INK INK INK

K INK INK INK INK INK IN
INK INK INK INK INK INK
K INK INK INK INK INK IN
INK INK INK INK INK INK
K INK INK INK INK INK IN
INK INK INK INK INK INK
K INK INK INK INK INK IN
INK INK INK INK INK INK
K INK INK INK INK INK IN
INK INK INK INK INK INK
K INK INK INK INK INK IN
INK INK INK INK INK INK
K INK INK INK INK INK IN
INK INK INK INK INK INK
K INK INK INK INK INK IN
INK INK INK INK INK INK
K INK INK INK INK INK IN
INK INK INK INK INK INK
K INK INK INK INK INK IN
INK INK INK INK INK INK
K INK INK INK INK INK IN
INK INK INK INK INK INK
K INK INK INK INK INK IN

K INK INK INK INK INK IN
INK INK INK INK INK INK
K INK INK INK INK INK IN
INK INK INK INK INK INK
K INK INK INK INK INK IN
INK INK INK INK INK INK
K INK INK INK INK INK IN
INK INK INK INK INK INK
K INK INK INK INK INK IN
INK INK INK INK INK INK
K INK INK INK INK INK IN
INK INK INK INK INK INK
K INK INK INK INK INK IN
INK INK INK INK INK INK
K INK INK INK INK INK IN
INK INK INK INK INK INK
K INK INK INK INK INK IN
INK INK INK INK INK INK
K INK INK INK INK INK IN
INK INK INK INK INK INK
K INK INK INK INK INK IN
INK INK INK INK INK INK
K INK INK INK INK INK IN